शरीफ़न

भूमिका

मण्टो की कहानियों का ज़िक्र, उन कहानियों के उल्लेख के बिना अधूरा है, जो उसने हिन्दू-मुसलमान दंगों पर और हिन्दुस्तान-पाकिस्तान के बँटवारे को ले कर लिखीं।

इस सिलसिले में मुझे दो उपन्यासों की याद हो आती है—बलवन्त सिंह का 'काले कोस' और यशपाल का बृहद् उपन्यास 'झूठा सच'।

'काले कोस' को मैं बलवन्त सिंह की एक बहुत ही सशक्त कृति मानता हूँ—पंजाब के गाँवों के अद्भुत चित्रण के लिहाज़ से भी और इसलिए भी कि बलवन्त सिंह ने अपनी संकेत-भरी शैली में उन कारणों की ओर संकेत किया है, जिनकी वजह से पंजाब के देहातों में, पंजाबी जनता में—जो साम्प्रदायिकता से रहित थी—हिन्दू-मुस्लिम वैमनस्य के बीज पड़े। उपन्यास की अन्तिम पंक्तियाँ, जब सिराज अपने अभिन्न मित्र—विरसा सिंह की हिफ़ाजत में पाकिस्तान की सरहद में पहुँचता है, मन को कचोट जाती है और बँटवारे की निरर्थकता सामने ला खड़ी कर देती है।

इसके विपरीत 'झूठा सच' ऐसा कोई प्रभाव मन पर नहीं छोड़ता। सारा उपन्यास बँटवारे की विभीषिका का नहीं वरन करन, पुरी, तारा, डॉ. प्राणनाथ, नैयर आदि के चरित्रों की गुत्थियों और ग्रन्थियों का एक सपाट लेखा-जोखा भर प्रस्तुत करता है। मैं आज तक यह नहीं समझ पाया कि इस सब में देश का विभाजन क्या भूमिका अदा करता है? क्योंकि यदि देश के विभाजन के तथ्य को उपन्यास से काट दिया जाय तो भी उपन्यासकार की निगाह जिन प्रसंगों पर भरपूर रोशनी फेंकती है, उनमें क्या फेर-बदल सम्भव था? बल्कि मैं तो एक कदम आगे जा कर यह कहना चाहूँगा कि यशपाल ने विभाजन और उसकी तमाम विभीषिका को 'इस्तेमाल' भर किया है—अपने पात्रों और प्रसंगों को एक कमाल-परिप्रेक्ष्य देने के लिए उनकी कोई इन्वाल्वमेंट उस सारी विभीषिका में नहीं रही, इसीलिए उन्होंने उस विभीषिका का चित्रण—बिना गहराई में जाये—बड़े सतही ढंग से किया है।

जिन पाठकों ने झूठा सच पढ़ा है, वे जब बँटवारे पर या हिन्दू मुस्लिम फ़सादों पर लिखी गयी मण्टो की अविस्मरणीय कहानियाँ—टोबा टेकसिंह, टिथवाल का कुत्ता, यज़ीद, गुरमुख सिंह की वसीयत, खोल दो और शरीफ़न—पढ़ेंगे, तब उन्हें यह एहसास होगा कि बँटवारा मण्टो की ज़िन्दगी में कैसे हादसे के रूप में टूटा था।

इस सन्दर्भ में सबसे पहले मैं टोबा टेकसिंह और टिथवाल का कुत्ता का ज़िक्र करना चाहता हूँ क्योंकि इस हादसे पर जिसने लाखों लोगों की नियति पर प्रभाव डाला ऐसी कहानियाँ किसी अन्य भारतीय लेखक ने नहीं लिखीं।

टोबा टेकसिंह का पागल सिक्ख—जो हिन्दुस्तान और पाकिस्तान के बँटवारे को एक अप्राकृतिक बँटवारा मानता है और तस्लीम नहीं करता—दरअसल मण्टो का ही वह रूप है जिसने इस बँटवारे को तस्लीम नहीं किया या जब किया तो अपनी ज़िन्दगी की कीमत चुका कर। मण्टो की नज़र में किशन सिंह और उस कुत्ते में कोई फ़र्क नहीं जो टिथवाल के मोर्चे पर हिन्दुस्तानी और पाकिस्तान सेना के वहशीपन का शिकार होता है। किशन सिंह और टिथवाल का वह कुत्ता—दोनों उस जनता के प्रतीक हैं जिसने इस अर्थहीन राजनीति की वजह से तकलीफ़ सहीं और कुर्बान हुईं।

यह सब इस परिप्रेक्ष्य में और भी गहरे अर्थ ग्रहण करता है कि मण्टो बँटवारे के एक वर्ष बाद पाकिस्तान चला गया। हालाँकि वह अमृतसर का रहने वाला था और उसकी जगह अगर कहीं थी और जब भी है तो वह हिन्दुस्तान में है। मण्टो के पाकिस्तान जाने के कारण, न तो राजनीतिक थे न किसी सिद्धान्त से नत्थी थे, न किसी यथार्थ से। वह पाकिस्तान गया तो इसलिए कि बम्बई की फ़िल्मी दुनिया से वह उखड़ गया था, घरेलू आदमी था और इसलिए जब उसका पूरा परिवार पाकिस्तान चला गया तो वह भी चला गया। सवाल यह भी है कि पाकिस्तान जा कर उसने क्या किया?

पाकिस्तान जाने का फ़ैसला तो हमारे देश के अन्य दो साहित्यकारों ने भी किया था—फ़ैज़ अहमद फ़ैज़ ने और जोश मलीहाबादी ने। लेकिन इन दोनों साहित्यकारों का एक राजनीतिक चेहरा भी था—फ़ैज़ प्रसिद्ध प्रगतिशील (कहूँ कि साम्यवादी) कवि थे और जोश—कौमी शायर थे। लेकिन फ़ैज़, पाकिस्तानी हुकूमत को बदलने की असफल कोशिश के बावजूद ज़िन्दा रहे और अब सुनते हैं किसी बड़े सरकारी ओहदे पर हैं। जोश भी ज़िन्दा रहे। (हालाँकि जिन सब्ज़बागों के सपने लेते हुए वे पाकिस्तान गये थे, उनकी हकीकत खुलने पर उनका जोश काफ़ी हद तक ठण्डा पड़ गया था) और 'यादों की बारात' लिखते रहे। जबकि मण्टो (जिसका व्यक्तित्व कतई तौर पर राजनीतिक नहीं, वरन एक आज़ाद लेखक का था) 'यज़ीद', 'टिथवाल का कुत्ता', 'दो गड्ढे' और 'नंगी आवाज़ें' जैसी कहानियाँ लिख कर पाकिस्तान के हालात के ख़िलाफ़ अपनी अहसमति निहायत बुलन्द आवाज़ में ज़ाहिर करता रहा और एक आज़ाद लेखक की नियति—पागलखाना और मुफ़्लिसी भोगता हुआ मर गया।

नीलाभ

मण्टो अब तक-10

शरीफ़न

सआदत हसन मण्टो

वाणी प्रकाशन

वाणी प्रकाशन

4695, 21-ए, दरियागंज, नयी दिल्ली 110 002

फ़ोन : +91 11 23273167 फ़ैक्स : +91 11 23275710

शाखाएँ

अशोक राजपथ, पटना 800 004, बिहार

कॉफ़ी हाउस कैम्पस, महात्मा गांधी मार्ग, इलाहाबाद 211 001, उत्तर प्रदेश

महात्मा गांधी अन्तरराष्ट्रीय हिन्दी विश्वविद्यालय, वर्धा 442 001, महाराष्ट्र

www.vaniprakashan.in
marketing@vaniprakashan.in
sales@vaniprakashan.in

SHAREEPHAN
by Saadat Hasan Manto

ISBN : 978-93-5072-287-9
Collection of Short Stories

संस्करण 2012
आवृत्ति 2018

मूल्य : ₹ 125

एम.एस. प्रिंटर्स, दिल्ली-110 095 में मुद्रित

वाणी प्रकाशन का लोगो मक़बूल फ़िदा हुसेन की कूची से

अनुक्रम

ख़ुशिया

ख़ुशिया सोच रहा था।

बनवारी से काले तम्बाकू वाला पान लेकर, वह उसकी दुकान के साथ उस पत्थर के चबूतरे पर बैठा था, जो दिन के वक़्त टायरों और मोटरों के मुख़्तलिफ़ पुर्ज़ों से भरा होता है। रात को साढ़े आठ बजे के क़रीब, मोटर के पुर्ज़े और टायर बेचने वालों की यह दुकान बन्द हो जाती है और यह चबूतरा, ख़ुशिया के लिए ख़ाली हो जाता है।

वह काले तम्बाकू वाला पान धीरे-धीरे चबा रहा था और सोच रहा था। पान की गाढ़ी, तम्बाकू-मिली पीक, उसके दाँतों की रीखों से निकल कर, उसके मुँह में इधर-उधर फिसल रही थी और ऐसा लगता था कि उसके ख़याल, दाँतों-तले पिस कर, उसकी पीक में घुल रहे हैं। शायद यही वजह है कि वह उसे फेंकना नहीं चाहता था।

खुशिया पान की पीक मुँह में पुलपुला रहा था और उस घटना के बारे में सोच रहा था, जो उसके साथ अभी-अभी घटी थी—यानी आधे घण्टे पहले।

वह उस चबूतरे पर रोज़ की तरह बैठने से पहले, खेतवाड़ी की पाँचवीं गली में गया था। मँगलौर से जो नयी छोकरी कान्ता आयी थी, उसी गली के नुक्कड़ पर रहती थी। ख़ुशिया से किसी ने कहा था कि वह अपना मकान बदल रही है, इसलिए वह इसी बात का पता लगाने के लिए वहाँ गया था।

कान्ता की खोली का दरवाज़ा उसने खटखटाया। अन्दर से आवाज़ आयी, "कौन है?"

इस पर ख़ुशिया ने कहा, "मैं, ख़ुशिया!"

आवाज़ दूसरे कमरे से आयी थी। थोड़ी देर के बाद दरवाज़ा खुला। ख़ुशिया अन्दर दाख़िल हुआ। जब कान्ता ने दरवाज़ा अन्दर से बन्द किया, तब ख़ुशिया ने मुड़ कर देखा—उसकी हैरत की कोई इन्तहा न रही, जब उसने कान्ता को बिलकुल नंगी देखा। बिलकुल नंगी ही

समझो, क्योंकि वह अपने अंगों को सिर्फ एक तौलिये से छिपाये हुए थी। छिपाये हुए भी तो नहीं कहा जा सकता—क्योंकि छिपाने की जितनी चीज़ें होती हैं, वे तो सब-की-सब, ख़ुशिया की चकित आँखों के सामने थीं। "कहो ख़ुशिया, कैसे आये?...मैं बस अब नहाने ही वाली थी। बैठी-बैठी...बाहर वाले से अपने लिए चाय के लिए तो कह आये होते...जानते तो हो, वह मुआ रामा यहाँ से भाग गया है।"

ख़ुशिया, जिसकी आँखों ने कभी औरत को यूँ अचानक नंगा नहीं देखा था, बेहद घबरा गया। उसकी समझ में न आता था कि क्या कहे। उसकी निगाहें, जो एकदम नग्नता से चार हो गयी थीं, अपने आपको कहीं छिपाना चाहती थीं।

उसने जल्दी-जल्दी सिर्फ़ इतना कहा, "जाओ...जाओ तुम नहा लो।" फिर एकदम उसकी ज़बान खुल गयी, "पर जब तुम नंगी थीं तो दरवाज़ा खेलने की क्या ज़रूरत थी?...अन्दर से कह दिया होता, मैं फिर आ जाता...लेकिन जाओ...तुम नहा लो।"

कान्ता मुस्करायी, "जब तुमने कहा—ख़ुशिया है तो मैंने सोचा, क्या हर्ज है, अपना ख़ुशिया ही तो है, आने दो..."

कान्ता की यह मुस्कराहट अभी तक ख़ुशिया के दिलो-दिमाग़ में तैर रही थी। इस वक़्त भी कान्ता का नंगा जिस्म, मोम के पुतले की तरह, उसकी आँखों के सामने खड़ा था और पिघल-पिघल कर उसके अन्दर जा रहा था।

उसका जिस्म सुन्दर था। पहली बार ख़ुशिया को मालूम हुआ था कि जिस्म बेचने वाली औरतें भी ऐसा सुडौल बदन रखती हैं। उसको इस बात पर हैरत हुई थी, पर सबसे ज़्यादा ताज्जुब उसे इस बात पर हुआ था कि नंग-धड़ंग वह उसके सामने खड़ी हो गयी और उसको लाज तक न आयी—क्यों?

इसका जवाब कान्ता ने यह दिया था—"जब तुमने कहा—ख़ुशिया है, तो मैंने सोचा, क्या हर्ज है, अपना ख़ुशिया ही तो है...आने दो।"

कान्ता और ख़ुशिया एक ही पेशे में शरीक थे। वह उसका दलाल था। इस लिहाज़ से वह उसी का था...पर यह कोई वजह नहीं थी कि वह उसके सामने नंगी हो जाती। कोई ख़ास बात थी। कान्ता ने जो बात कही थी, उसमें ख़ुशिया कोई और ही मतलब कुरेद रहा था।

यह मतलब एक ही वक़्त इतना साफ़ और इतना धुँधला था कि ख़ुशिया किसी ख़ास नतीजे पर नहीं पहुँच सका था। उस समय भी वह कान्ता के नंगे जिस्म को देख रहा था, जो ढोलकी पर मढ़े हुए चमड़े की

तरह तना हुआ था—उसकी लुढ़कती हुई निगाहों से बिलकुल बेपरवाह! कई बार, अचरज की हालत में भी, उसने उसके साँवले-सलोने बदन पर टोह लेने वाली निगाहें गाड़ी थीं, पर उसका एक रोआँ भी न कँपकँपाया था। बस, वह ऐसे साँवले पत्थर की मूर्ति की तरह खड़ी रही, जो एहसास-रहित हो।

"भई, एक मर्द उसके सामने खड़ा था—मर्द, जिसकी निगाहें कपड़ों में भी औरत के जिस्म तक पहुँच जाती हैं और जो परमात्मा जाने, ख़याल-ही-ख़याल में, जाने कहाँ-कहाँ पहुँच जाता हैं। लेकिन वह ज़रा भी न घबरायी और...और उसकी आँखें, ऐसा समझ लो कि अभी लॉण्ड्री से धुल कर आयी हैं...उसको थोड़ी-सी लाज तो आनी चाहिए थी। ज़रा-सी सुर्ख़ी तो उसकी आँखों में पैदा होनी चाहिए थी। मान लिया, कस्बी थी; पर कस्बियाँ यूँ नंगी तो नहीं खड़ी हो जातीं।" दस बरस उसे दलाली करते हो गये थे और इन दस बरसों में वह पेशा कराने वाली लड़कियों के सारे भेदों से वाक़िफ़ हो चुका था। मिसाल के तौर पर, उसे यह मालूम था कि पायधोनी के आख़िरी सिरे पर जो छोकरी एक नौजवान लड़के को भाई बना कर रहती है, इसलिए 'अछूत कन्या' का रिकॉर्ड—'काहे करता मूरख प्यार प्यार प्यार'—अपने टूटे हुए बाजे पर बजाया करती है कि उसे अशोक कुमार से बुरी तरह इश्क़ है। कई मनचले लौंडे अशोक कुमार से उसकी मुलाकात कराने का झाँसा दे कर, अपना उल्लू सीधा कर चुके थे।...उसे यह भी मालूम था कि दादर में जो पंजाबिन रहती है, सिर्फ इसलिए कोट-पतलून पहनती है कि उसके एक यार ने उससे कहा था कि तेरी टाँगें तो बिलकुल उस अंग्रेज़ ऐक्ट्रेस की तरह हैं, जिसने 'मरॉको उर्फ़ ख़ूने-तमन्ना' में काम किया था। यह फ़िल्म उसने कई बार देखी और जब उसके यार ने कहा कि मार्लिन डीट्रिच इसलिए पतलून पहनती है कि उसकी टाँगें बहुत ख़ूबसूरत हैं और उसने उन टाँगों का दो लाख का बीमा करा रखा है तो उसने भी पतलून पहननी शुरू कर दी, जो उसके नितम्बों में बहुत फँस कर आती थी...और उसे यह भी मालूम था कि मज़गाँव वाली दक्षिणी छोकरी सिर्फ इसलिए कॉलेज के ख़ूबसूरत लौंडों को फाँसती है कि उसे एक ख़ूबसूरत बच्चे की माँ बनने का शौक है। उसको यह भी पता था कि वह कभी अपनी इच्छा पूरी न कर सकेगी, इसलिए कि बाँझ है...और उस काली मद्रासिन की बाबत, जो हर समय कानों में हीरे की बूटियाँ पहने रहती थी, उसे यह बात अच्छी तरह मालूम थी कि उसका रंग कभी गोरा नहीं होगा और वह उन दवाओं पर बेकार रुपया बरबाद कर रही है, जो वह

आये दिन ख़रीदती रहती है।

उसको उन सभी छोकरियों के अन्दर-बाहर का हाल मालूम था, जो उसके पेशे में शामिल थीं। मगर उसको यह ख़बर न थी कि एक दिन कान्ता कुमारी, जिसका असली नाम इतना मुश्किल था कि वह उम्र भर याद नहीं कर सकता था, उसके सामने नंगी खड़ी हो जायेगी और उसको ज़िन्दगी के सबसे बड़े ताज्जुब से दो-चार करायेगी।

सोचते-सोचते, उसके मुँह में पान की पीक इस क़दर जमा हो गयी थी कि अब वह मुश्किल से छालिया के उन नन्हे-नन्हे रेज़ों को चबा सकता था, जो उसके दाँतों की रीखों में से इधर-उधर फिसल कर निकल जाते थे। उसके तंग माथे पर पसीने की नन्ही-नन्ही बूँदें उभर आयी थीं, जैसे मलमल में पनीर को धीरे से दबा दिया गया हो।... जब-जब वह कान्ता के नंगे जिस्म को अपनी कल्पना में देखता था, उसकी मर्दानगी को धक्का-सा पहुँचता था। उसे महसूस होता था, जैसे उसका अपमान हुआ है।

एकदम उसने अपने मन में कहा, 'भई, यह बेइज़्ज़ती नहीं है तो क्या है... यानी एक छोकरी नंग-धड़ंग तुम्हारे सामने खड़ी हो जाती है और कहती है—इसमें हर्ज ही क्या है...तुम ख़ुशिया ही तो हो। ख़ुशिया न हुआ, साला वह बिल्ला हो गया, जो उसके बिस्तर पर हर समय ऊँघता रहता है...और क्या।'

अब उसे विश्वास होने लगा कि सचमुच उसका अपमान हुआ है। वह मर्द था और अनजाने ही उसको इस बात की आशा थी कि औरतें, चाहे शरीफ़ हों चाहे बाज़ारू, उसको मर्द ही समझेंगी और उसके और अपने बीच वह पर्दा क़ायम रखेंगी, जो एक मुद्दत से चला आ रहा है। वह तो सिर्फ यह पता लगाने के लिए कान्ता के यहाँ गया था कि वह कब तक मकान बदल रही है और कहाँ जा रही है? कान्ता के पास उसका जाना बिलकुल बिज़नेस से सम्बन्धित था। अगर ख़ुशिया कान्ता के बारे में सोचता कि जब वह उसका दरवाज़ा खटखटाये गा तो वह अन्दर क्या कर रही होगी तो उसकी कल्पना में ज़्यादा-से-ज़्यादा इतनी ही बातें आ सकती थीं—

- सिर पर पट्टी बाँधे लेटी होगी।
- बिल्ले के बालों से पिस्सू निकाल रही होगी।
- उस बाल-सफ़ा पाउडर से अपनी बग़लों के बाल उड़ा रही होगी, जो इतनी बास मारता था कि ख़ुशिया की नाक बर्दाश्त नहीं कर सकती थी।

• पलँग पर अकेली बैठी, ताश फैलाये, पेशन्स खेलने में मशग़ूल होगी।

बस, इतनी चीज़ें थीं, जो उसके दिमाग़ में आतीं। घर में वह किसी को रखती न थी, इसलिए इस बात का ख़याल ही नहीं आ सकता था। पर ख़ुशिया ने तो यह सोचा ही न था। वह तो काम से वहाँ गया था कि अचानक कान्ता...यानी कपड़े पहनने वाली कान्ता... मतलब यह कि वह कान्ता, जिसको वह हमेशा कपड़ों में देखा करता था, उसके सामने बिलकुल नंगी हो गयी बिलकुल नंगी ही समझो, क्योंकि एक छोटा-सा तौलिया सब कुछ तो छिपा नहीं सकता! ख़ुशिया को यह अवश्य देख कर ऐसा महसूस हुआ था, जैसे छिलका उसके हाथ में रह गया है और केले का गूदा बिछल कर उसके सामने आ गिरा है। नहीं, उसे कुछ और ही महसूस हुआ था, जैसे... वह ख़ुद नंगा हो गया है। अगर बात यहीं तक ख़त्म हो जाती तो कुछ भी न होता। ख़ुशिया अपनी हैरत को किसी-न-किसी हीले से दूर कर देता। मगर यहाँ मुसीबत यह आन पड़ी थी कि उस लौंडिया ने मुस्करा कर कहा था—'जब तुमने क़हा ख़ुशिया है, तो मैंने सोचा, अपना ख़ुशिया ही तो है, आने दो'—बस यही बात उसे खाये जा रही थी।

"साली मुस्करा रही थी..." वह बार-बार बड़बड़ाता। जिस तरह कान्ता नंगी थी, उसी तरह उसकी मुस्कराहट ख़ुशिया को नंगी नज़र आयी थी। यह मुस्कराहट ही नहीं, उसे कान्ता का जिस्म भी इस हद तक नंगा दिखायी दिया था, जैसे उस पर रन्दा फिरा हुआ हो।

उसे बार-बार बचपन के वे दिन याद आ रहे थे, जब पड़ोस की एक औरत उससे कहा करती थी—"ख़ुशिया बेटा, जा दौड़ कर जा, यह बाल्टी पानी से भर ला।" जब वह बाल्टी भर कर लाया करता था तो वह धोती से बनाये हुए पर्दे के पीछे से कहा करती थी, "अन्दर आ कर यहाँ मेरे पास रख दे। मैंने मुँह पर साबुन मला हुआ है। मुझे कुछ सुझायी नहीं देता।" वह धोती का पर्दा हटा कर बाल्टी उसके पास रख दिया करता था। उस समय, साबुन की झाग में लिपटी हुई नंगी औरत उसे नज़र आती थी, पर उसके मन में किसी तरह की उथल-पुथल पैदा नहीं होती थी।

"भई, मैं उस समय बच्चा था। बिलकुल भोला-भाला! बच्चे और मर्द में बहुत फ़र्क होता है। बच्चों से कौन पर्दा करता है! मगर अब तो मैं पूरा मर्द हूँ। मेरी उम्र इस वक़्त लगभग अट्ठाईस बरस है और अट्ठाईस बरस के जवान आदमी के सामने तो कोई बूढ़ी औरत भी नंगी

खड़ी नहीं होती।"

कान्ता ने उसे क्या समझा था? क्या उसमें वे सारी बातें नहीं थीं, जो एक नौजवान मर्द में होती हैं? इसमें कोई शक नहीं कि वह कान्ता को एकाएक नंग-धड़ंग देख कर बहुत घबरा गया था। लेकिन चोर निगाहों से क्या उसने कान्ता की उन चीज़ों का जायज़ा नहीं लिया था, जो रोज़ाना इस्तेमाल के बावजूद असली हालत पर क़ायम थीं? क्या, चकित रह जाने के बावजूद, उसके दिमाग़ में यह ख़याल नहीं आया था कि दस रुपये में कान्ता बिलकुल महँगी नहीं और दशहरे के दिन, बैंक का वह बाबू, जो दो रुपये की रियायत न मिलने पर वापस चला गया था, बिलकुल गधा था!...और...इन सब के ऊपर, क्या एक क्षण के लिए, उसके सारे पुट्ठों में एक अजीब किस्म का तनाव नहीं पैदा हो गया था? और उसने एक ऐसी अँगड़ाई नहीं लेनी चाही थी, जिससे उसकी हड्डियाँ तक चटख़ने लगें...। फिर क्या वजह थी कि मँगलौर की उस साँवली छोकरी ने उसको मर्द न समझा और सिर्फ़...सिर्फ़ ख़ुशिया समझ कर, उसको अपना सब कुछ देखने दिया?

उसने गुस्से में आकर पान की गाढ़ी पीक थूक दी, जिसने फ़ुटपाथ पर कई बेल-बूटे बना दिये। पीक थूक कर वह उठा और ट्राम में बैठ कर अपने घर चला गया।

घर में उसने नहा-धो कर नयी धोती पहनी। जिस बिल्डिंग में वह रहता था, उसकी एक दुकान में सैलून था। उसके अन्दर जा कर, उसने आईने के सामने, अपने बालों में कंघी की। फिर एकाएक कुछ ख़याल आया तो वह कुर्सी पर बैठ गया और बड़ी गम्भीरता से उसने नाई से दाढ़ी मूँड़ने के लिए कहा। आज चूँकि वह दूसरी बार दाढ़ी मुँड़वा रहा था, इसलिए नाई ने उससे कहा, "अरे भाई ख़ुशिया, भूल गये क्या? सुबह मैंने ही तो तुम्हारी दाढ़ी मूँड़ी थी।"

इस पर ख़ुशिया ने बड़ी शान से दाढ़ी पर उलटा हाथ फेरते हुए कहा, "खूँटी अच्छी तरह नहीं निकली...!"

अच्छी तरह खूँटी निकलवा कर और चेहरे पर पाउडर मलवा कर वह सैलून से बाहर निकला। सामने टैक्सियों का अड्डा था। बम्बई के ख़ास अन्दाज़ में, उसने 'शी... शी' करके एक टैक्सी-ड्राइवर को अपनी ओर आकृष्ट किया और उँगली के इशारे से उसे टैक्सी लाने के लिए कहा।

जब वह टैक्सी में बैठ गया तो ड्राइवर ने घूम कर उससे पूछा—"कहाँ जाना है सा'ब?"

इन चार शब्दों ने और ख़ास तौर पर 'सा'ब' शब्द ने ख़ुशिया को सचमुच ख़ुश कर दिया। मुस्करा कर उसने बड़े दोस्ताना लहजे में जवाब दिया, "बतायेंगे। पहले तुम ऑपेरा हाउस की तरफ़ चलो—लेमिंग्टन रोड से होते हुए...समझे?" ड्राइवर ने मीटर की लाल झंडी का सिर नीचे दबा दिया। 'टन-टन' हुई और टैक्सी ने लेमिंग्टन रोड का रुख़ किया। लेमिंग्टन रोड का जब आख़िरी सिरा आ गया तो ख़ुशिया ने ड्राइवर को हिदायत दी—"बायें हाथ मोड़ लो!" टैक्सी बायें हाथ मुड़ गयी। अभी ड्राइवर ने गियर भी न बदला था कि ख़ुशिया ने कहा—"यह सामने वाले खम्भे के पास रोक लेना ज़रा।"

ड्राइवर ने ठीक खम्भे के पास टैक्सी खड़ी कर दी। ख़ुशिया दरवाज़ा खोल कर बाहर निकला और एक पान वाले की दुकान की तरफ़ बढ़ा। यहाँ से उसने पान लिया और उस आदमी से, जो कि दुकान के पास खड़ा था, चन्द बातें कीं और उसे अपने साथ टैक्सी पर बैठा कर ड्राइवर से बोला—"सीधे ले चलो!"

देर तक टैक्सी चलती रही। ख़ुशिया ने जिधर इशारा किया, ड्राइवर ने उधर हैंडल फिरा दिया। रौनक वाले कई बाज़ारों से होते हुए, टैक्सी एक नीम-रोशन गली में दाख़िल हुई, जिसमें बहुत कम लोग आ-जा रहे थे। कुछ लोग सड़क पर बिस्तर जमाये लेटे थे; उनमें से कुछ बड़े इत्मीनान से चम्पी करा रहे थे। जब टैक्सी उन चम्पी कराने वालों के आगे निकल गयी और काठ के एक बँगले-नुमा मकान के पास पहुँची तो ख़ुशिया ने ड्राइवर को हरने के लिए कहा, "बस, अब यहाँ रुक जाओ!"

टैक्सी ठहर गयी तो ख़ुशिया ने उस आदमी से, जिसको वह पान वाले की दुकान से अपने साथ लाया था, धीरे से कहा, "जाओ—मैं यहाँ इन्तज़ार करता हूँ।"

वह आदमी, बेवकूफ़ों की तरह ख़ुशिया की तरफ़ देखता हुआ, टैक्सी से बाहर निकला और सामने वाले लकड़ी के मकान में घुस गया। ख़ुशिया जम कर टैक्सी के गद्दे पर बैठ गया। एक टाँग दूसरी टाँग पर रख कर, उसने जेब से बीड़ी निकाल कर सुलगायी और दो कश ले कर, बाहर सड़क पर फेंक दी। वह अब बड़ा बेचैन था, इसलिए उसे लगा कि टैक्सी का इंजन बन्द नहीं हुआ। उसके सीने में चूँकि फड़फड़ाहट-सी हो रही थी, इसलिए वह समझा कि ड्राइवर ने बिल बढ़ाने के लिए पेट्रोल छोड़ रखा है। चुनांचे उसने तेज़ी से कहा, "यूँ बेकार इंजन चालू रख कर तुम कितने पैसे और बढ़ा लोगे?" ड्राइवर ने घूम कर ख़ुशिया की

ओर देखा और कहा, "सेठ, इंजन तो बन्द है।'"

जब ख़ुशिया को अपनी ग़लती का एहसास हुआ तो उसकी बेचैनी और भी बढ़ गयी और उसने कुछ कहने के बजाय होंठ चबाने शुरू कर दिये। फिर एकाएकी सिर पर वह किश्ती-नुमा काली टोपी पहन कर, जो अब तक उसकी बग़ल में दबी हुई थी, उसने ड्राइवर का कन्धा हिलाया और कहा, "देखो, अभी एक छोकरी आयेगी। जैसे ही अन्दर आये, तुम मोटर चला देना...समझे?...घबराने की कोई बात नहीं है, मामला ऐसा-वैसा नहीं!"

इतने में सामने लकड़ी वाले मकान से दो आदमी बाहर निकले। आगे-आगे ख़ुशिया का दोस्त था और उसके पीछे-पीछे कान्ता, जिसने शोख़ रंग की साड़ी पहन रखी थी।

ख़ुशिया झट से उस तरफ़ को सरक गया, जिधर अँधेरा था। ख़ुशिया के दोस्त ने टैक्सी का दरवाज़ा खोला और कान्ता को अन्दर दाख़िल करके दरवाज़ा बन्द कर दिया। उसी समय कान्ता की हैरत-भरी आवाज़ सुनायी दी, जो चीख़ से मिलती-जुलती थी—"ख़ुशिया, तुम?"

"हाँ मैं...लेकिन तुम्हें रुपये मिल गये हैं न?" ख़ुशिया की मोटी आवाज़ बुलन्द हुई—"देखो ड्राइवर...जुहू ले चलो।" ड्राइवर ने सेल्फ़ दबाया। इंजन फड़फड़ाने लगा। वह बात, जो कान्ता ने कही, सुनायी न दे सकी। टैक्सी एक धचके के साथ आगे बढ़ी, और ख़ुशिया के दोस्त को सड़क के बीच चकित-बिस्मित छोड़, उस नीम-रोशन गली में ग़ायब हो गयी। इसके बाद फिर किसी ने ख़ुशिया को मोटरों की दुकान के उस पत्थर के चबूतरे पर नहीं देखा।

शहीद साज़

मैं काठियावाड़, गुजरात का रहने वाला हूँ। जात का बनिया हूँ। पिछले बरस, जब हिन्दुस्तान के बँटवारे पर टंटा हुआ तो मैं बिलकुल बेकार था। माफ़ कीजिएगा, मैंने लफ्ज़ 'टंटा' इस्तेमाल किया। मगर इसमें कोई हर्ज नहीं। इसलिए कि उर्दू ज़बान में बाहर के लफ्ज़ आने ही चाहिए, चाहे वे गुजराती ही के क्यों न हों।

जी हाँ, मैं बिलकुल बेकार था। लेकिन कोकीन का थोड़ा-सा धन्धा चल रहा था, जिससे कुछ आमदनी की थोड़ी-सी सूरत हो ही जाती थी। जब बँटवारा हुआ और इधर के आदमी उधर और उधर के इधर, हज़ारों की तादाद में आने-जाने लगे तो मैंने सोचा—चलो, पाकिस्तान चलें। कोकीन का न सही, कोई दूसरा कारोबार शुरू कर दूँगा। चुनांचे, मैं वहाँ से चल पड़ा और रास्ते में तरह-तरह के छोटे-मोटे धन्धे करता, पाकिस्तान पहुँच गया।

मैं चला तो इसी नीयत से था कि कोई मोटा कारोबार करूँगा, चुनांचे पाकिस्तान पहुँचते ही मैंने हालात को अच्छी तरह जाँचा और एलॉटमेंटों का काम शुरू कर दिया। मस्का-पालिश मुझे आता ही था। चिकनी-चुपड़ी बातें कीं। एक-दो आदमियों के साथ दोस्ती गाँठी और एक छोटा-सा मकान एलॉट करा लिया। इससे काफ़ी फ़ायदा हुआ तो मैं दूसरे शहरों में घूम-फिर कर मकान और दुकानें एलॉट कराने का धन्धा करने लगा।

काम कोई भी हो, आदमी को मेहनत करनी पड़ती है। इसलिए मुझे भी एलॉटमेंटों के सिलसिले में काफ़ी दौड़-धूप करनी पड़ी। कहीं किसी को मस्का लगाया; किसी की मुट्ठी गर्म की; किसी को खाने की दावत दी; किसी को नाच-रंग की—कहने का मतलब यह कि बेशुमार बखेड़े थे। दिन भर ख़ाक छानता। बड़ी-बड़ी कोठियों के चक्कर लगाता और शहर का चप्पा-चप्पा देख कर, अच्छा-सा मकान तलाश करता, जिसको एलॉट कराने से ज्यादा फ़ायदा हो।

आदमी की मेहनत कभी ख़ाली नहीं जाती, सो एक बरस के अन्दर-अन्दर मैंने लाखों रुपये पैदा कर लिये। अब खुदा का दिया सब कुछ था—रहने के लिए बड़ी-सी कोठी। बैंक में बे-हिसाब माल-पानी। माफ़ कीजिएगा, मैं काठियावाड़, गुजरात की जुबान में बोल गया। मगर कोई वाँदा नहीं, उर्दू जुबान में बाहर के लफ्ज़ भी शामिल होने चाहिए—जी हाँ, अल्लाह का दिया सब कुछ था—रहने को बढ़िया-सी कोठी, नौकर-चाकर, पैकार्ड मोटर, बैंक में ढाई लाख रुपये, कारख़ाने और दुकानें अलग—यह सब कुछ था। लेकिन मेरे दिल का चैन जाने कहाँ उड़ गया। यूँ तो कोकीन का धन्धा करते हुए भी, दिल पर कभी-कभी बोझ-सा महसूस होता था। लेकिन अब तो जैसे दिल रहा ही नहीं था। या फिर यूँ कहिए कि बोझ इतना आ पड़ा कि दिल उसके नीचे दब गया। पर यह बोझ किस बात का था?

आदमी दिमाग़ वाला हूँ। दिमाग़ में कोई सवाल पैदा हो जाय तो मैं उसका जवाब ढूँढ ही निकलता हूँ। ठण्डे दिल से (हालाँकि दिल का कुछ पता ही न था) मैंने ग़ौर करना शुरू किया कि इस गड़बड़-घोटाले की वजह क्या है?

औरत?...हो सकती है। मेरी अपनी तो कोई थी नहीं। जो थी, वह काठियावाड़ गुजरात में ही अल्लाह को प्यारी हो गयी थी। लेकिन दूसरों की औरतें जो थीं; मिसाल के तौर पर अपने माली ही की थी। अपना-अपना टेस्ट है साहब। सच पूछिए तो औरत जवान होनी चाहिए और यह ज़रूरी नहीं कि पढ़ी-लिखी हो और डान्स करना जानती हो। अपन को तो सारी जवान औरतें चलती हैं। (काठियावाड़, गुजरात का मुहावरा है, जिसका उर्दू में कोई जोड़ नहीं।)

औरत का तो सवाल ही उठ गया और दौलत का पैदा ही नहीं हो सकता, इसलिए कि बन्दा ज़्यादा लालची नहीं; जो कुछ है, उसी से सबर-सन्तोष है। लेकिन फिर यह दिल वाली बात क्यों पैदा हो गयी थी।

आदमी चतुर हूँ। कोई मसला सामने आ जाय तो उसकी तह तक पहुँचने की कोशिश करता हूँ। कारख़ाने चल रहे थे, दुकानें भी चल रही थीं, रुपया अपने आप पैदा हो रहा था। मैंने अलग-थलग हो कर सोचना शुरू किया और बहुत देर के बाद इस नतीजे पर पहुँचा कि दिल की गड़बड़ सिर्फ़ इसलिए है कि मैंने कोई नेक काम नहीं किया।

काठियावाड़, गुजरात में तो मैंने बीसियों नेक काम किये थे। मिसाल के तौर पर, जब मेरा दोस्त पांडुरंग मर गया तो मैंने उसकी

विधवा को अपने घर डाल लिया और दो बरस तक उसे धन्धा करने से रोके रखा। लँगड़े विनायक की लकड़ी की टाँग टूट गयी तो उसे नयी ख़रीद दी। लगभग चालीस रुपये उस पर उठ गये थे। जमना बाई को गरमी हो गयी, साली को (माफ़ कीजिएगा) कुछ पता ही नहीं था। मैं उसे डॉक्टर के पास ले गया। छह महीने तक बराबर उसका इलाज कराता रहा।...लेकिन पाकिस्तान आकर मैंने कोई नेक काम नहीं किया था और दिल की गड़बड़ की यही वजह थी, वरना बाकी सब ठीक था।

मैंने सोचा, क्या करूँ? ख़ैरात देने का ख़याल आया। लेकिन एक दिन शहर में घूमा तो देखा कि लगभग हर आदमी भिखारी है। कोई भूखा है, कोई नंगा। किस-किस का पेट भरूँ, किस-किस का अंग ढाँकूँ? सोचा, एक लंगर खोल दूँ। लेकिन एक लंगर से क्या होता है और फिर अनाज कहाँ से लाता? ब्लैक मार्केट से ख़रीदने का ख़याल पैदा हुआ तो यह सवाल भी साथ ही पैदा हो गया कि एक तरफ़ गुनाह करके, दूसरी तरफ़ नेक काम का मतलब ही क्या है?

घण्टों बैठ-बैठ कर मैंने लोगों के दुख-दर्द सुने। सच पूछिए तो हर शख़्स दुखी था। वे भी, जो दुकानों के चबूतरों पर सोते हैं और वे भी, जो ऊँची-ऊँची हवेलियों में रहते हैं। पैदल चलने वाले को यह दुख था कि उसके पास काम का कोई जूता नहीं। मोटर में बैठने वाले को यह दुख था कि उसके पास कार का नया मॉडल नहीं। हर आदमी की शिकायत अपनी जगह सही थी। हर आदमी की इच्छा अपनी-अपनी जगह माकूल थी।

मैंने ग़ालिब की एक ग़ज़ल, अल्लाह बख़्शे, शोलापुर की अमीना बाई चितलेकर से सुनी थी, एक शे'र याद रह गया है—'किसकी हाजत रवा करे कोई'—माफ़ कीजिएगा, यह उसका दूसरा बन्द है या हो सकता है कि पहला ही हो।

जी हाँ, मैं किस-किस की हाजत रवा करता, जब सौ-में-सौ ही हाजतमन्द थे। मैंने फिर यह भी सोचा कि ख़ैरात देना कोई अच्छा काम नहीं है। मुमकिन है, आप मुझसे सहमत न हों। लेकिन मैंने शरणार्थियों के कैम्पों में जा-जा कर हालात को अच्छी तरह परखा तो मुझे मालूम हुआ कि ख़ैरात ने बहुत-से रिफ़्यूजियों को बिलकुल निकम्मा बना दिया हैं। दिन भर हाथ-पर-हाथ धरे बैठे हैं; ताश खेल रहे हैं; जुगार हो रही है (माफ़ कीजिएगा 'जुगार' का मतलब है, जुआ यानी कमार-बाज़ी); गालियाँ बक रहे हैं और फ़ोकट यानी मुफ़्त की रोटियाँ तोड़ रहे हैं। ऐसे लोग भला पाकिस्तान को मज़बूत बनाने में क्या मदद दे सकते हैं।

इसलिए मैं इस नतीज़े पर पहुँचा कि भीख देना हरगिज़-हरगिज़ नेकी का काम नहीं है। लेकिन फिर नेकी के काम का और कौन-सा रास्ता है?

कैम्पों में धड़ा-धड़ आदमी मर रहे थे। कभी हैज़ा फूटता था, कभी प्लेग। हस्पतालों में तिल धरने की जगह नहीं थी। मुझे बड़ा तरस आया। क़रीब था कि एक हस्पताल बनवा दूँ। मगर सोचने पर ख़याल छोड़ दिया। पूरी स्कीम तैयार कर चुका था। बिल्डिंग के लिए टेंडर मँगवाता; दाख़िले की फ़ीसों का रुपया जमा हो जाता; अपनी ही एक कम्पनी खड़ी कर देता और टेंडर उसके नाम निकाल देता। ख़याल था, एक लाख रुपया इमारत पर ख़र्च करूँगा। ज़ाहिर है कि सत्तर हज़ार रुपये में पूरी बिल्डिंग खड़ी कर देता और पूरे तीस हज़ार रुपये बचा लेता। मगर यह सारी स्कीम धरी-की-धरी रह गयी, जब मैंने सोचा कि अगर मरने वालों को बचा लिया गया तो यह जो इतनी आबादी है, वह कैसे कम होगी।

देखा जाये तो यह सारा लफ़ड़ा ही फ़ालतू आबादी का है। 'लफ़ड़ा' का मतलब है, झगड़ा—वो झगड़ा, जिसमें फ़ज़ीहत भी हो, लेकिन इससे भी इस शब्द का पूरा मतलब मैं बता नहीं सकता।

जी हाँ, देखा जाये तो यह सारा लफ़ड़ा ही इस फ़ालतू आबादी की वजह से है। अब लोग बढ़ते ही जायेंगे तो इसका यह मतलब नहीं कि ज़मीन भी साथ-साथ बढ़ती जायेगी, आसमान भी साथ-साथ फैलता जायेगा, बारिशें ज़्यादा होंगी या ज़्यादा अनाज पैदा होगा; इसलिए मैं इस नतीजे पर पहुँचा कि हस्पताल बनवाना कभी भी नेक काम नहीं हो सकता।

फिर सोचा, मस्जिद बनवा दूँ। लेकिन अल्लाह बख़्शे, शोलापुर की अमीना बाई चितलेकर का गाया हुआ एक शे'र याद आ गया—'नाम मंजूर है तो फ़ैज़ के असबाब बना'—वह 'मंज़ूर' को 'मंज़ूर' और 'फ़ैज' को 'फ़ैज' कहा करती थी। नाम मंजूर है तो फ़ैज़ के असबाब बना, पुल बना, चाह बना, मस्जिद-ो-तालाब बना।

किस कमबख़्त को नाम-वाम की इच्छा है। वे जो नाम उछालने के लिए पुल बनाते हैं, नेकी का क्या काम करते हैं?—ख़ाक! मैंने कहा—नहीं, यह मस्जिद बनवाने का ख़याल बिलकुल ग़लत है। बहुत-सी अलग मस्जिदों का होना भी कौम के हक में कभी फ़ायदेमन्द नहीं हो सकता, इसलिए कि जनता बँट जाती है।

थक-हार कर, मैं हज की तैयारियाँ कर रहा था कि अल्लाह मियाँ

ने मुझे ख़ुद ही एक रास्ता बता दिया। शहर में एक जलसा हुआ। जब ख़त्म हुआ तो लोगों में अफ़रा-तफ़री फैल गयी। इतनी भगदड़ मची कि तीस आदमी मर गये। इस दुर्घटना की ख़बर दूसरे रोज़ जब अख़बारों में छपी तो पता चला कि वे मरे नहीं थे, बल्कि शहीद हुए थे।

मैंने सोचना शुरू किया। सोचने के अलावा मैं कई मौलवियों से भी मिला। पता चला कि जो लोग अचानक दुर्घटनाओं का शिकार होते हैं, उन्हें शहादत का दर्जा मिलता है। यानी कि वह रुतबा, जिससे बड़ा कोई और रुतबा नहीं। मैंने सोचा कि अगर लोग मरने की बजाय शहीद हुआ करें तो कितना अच्छा हो। वे लोग, जो आम मौत मरते हैं, ज़ाहिर है कि उनकी मौत बिलकुल बेकार जाती है। अगर वे शहीद हो जाते हैं तो एक बात बनती है।

मैंने इस बात पर और बारीकी से ग़ौर करना शुरू किया।

चारों तरफ़, जिधर देखो, ख़स्ता-हाल इन्सान थे। पीले चेहरे; चिन्ता-फ़िक्र, दुख और रोज़ी-रोटी के बोझ-तले पिसे हुए; धँसी हुई आँखें, बेजान चाल; घिसे-फटे कपड़े—रेलगाड़ी के कंडम माल की तरह; या तो किसी टूटे-फूटे झोंपड़े में पड़े हैं या बाज़ारों में लावारिस जानवरों की तरह मुँह उठाये, बे-मतलब घूम रहे हैं। क्यों जी रहे हैं, किसके लिए जी रहे हैं और कैसे जी रहे हैं—इसका कुछ पता ही नहीं। कोई महामारी फैली, हज़ारों मर गये; और कुछ नहीं तो भूख और प्यास से ही घुल-घुल कर मरे। सर्दियों में अकड़ गये। गर्मियों में सूख गये। किसी की मौत पर किसी ने दो आँसू बहा दिये। बहुतों की मौत ख़ुश्क ही रही।

ज़िन्दगी समझ में न आयी, ठीक है। उससे रस न पाया, यह भी ठीक है...वो किस का शे'र है, ख़ुदा भला करे, शोलापुर की अमीनाबाई चितलेकर क्या दर्द-भरी आवाज़ में गाया करती थी—'मर के भी चैन न पाया तो किधर जायेंगे'। मेरा मतलब है कि अगर मरने के बाद भी ज़िन्दगी न सुधरी तो लानत है ससुरी पर। मैंने सोचा, क्यों न ये बेचारे, ये किस्मत के मारे हुए, दर्द के ठुकराये हुए लोग, जो इस दुनिया में हर अच्छी चीज़ के लिए तरसते हैं, उस दुनिया में ऐसा दर्जा पायें कि वे, जो यहाँ पर उनकी तरफ़ देखना भी पसन्द नहीं करते, वहाँ उनको देखें और रश्क करें। उसकी एक ही सूरत थी कि वे आम मौत न मरें, बल्कि शहीद हों।

अब सवाल यह था—क्या ये लोग शहीद होने के लिए राज़ी होंगे? मैंने सोचा, क्यों नहीं। वह कौन-सा मुसलमान है, जिसमें शहीद होने का जोश न हो। मुसलमानों की देखा-देखी तो हिन्दुओं और सिक्खों में

भी यह रुतबा पैदा कर दिया गया है। लेकिन मुझे सख़्त नाउम्मीदी हुई। जब मैंने एक मरियल-से आदमी से पूछा, "क्या तुम शहीद होना चाहते हो?" तो उसने जवाब दिया, "नहीं।"

समझ में न आया कि वह आदमी जी कर क्या करेगा। मैंने उसे बहुत समझाया कि देखो बड़े मियाँ, ज़्यादा-से-ज़्यादा तुम डेढ़ महीना और जियोगे। चलने की तुममें ताकत नहीं। खाँसते-खाँसते ग़ोता खाते हो तो ऐसा लगता है कि बस दम निकल गया। फूटी कौड़ी तक तुम्हारे पास नहीं। ज़िन्दगी भर तुमने सुख नहीं देखा; आगे भी देखोगे, इसका सवाल ही नहीं पैदा होता; फिर और जी कर क्या करोगे। फ़ौज में तुम भरती नहीं हो सकते। इसलिए मोर्चे पर मुल्क के लिए लड़ते-लड़ते जान देने का ख़याल भी बेकार-सा है। तब क्या यह ठीक नहीं होगा कि तुम कोशिश करके यहीं बाज़ार में या डेरे में, जहाँ तुम रात को सोते हो, अपनी शहादत का बन्दोबस्त कर लो। उसने पूछा, "यह कैसे हो सकता है?"

मैंने जवाब दिया, "यह सामने केले का छिलका पड़ा है, मान लो कि तुम इस पर से फिसल गये...ज़ाहिर है कि तुम मर जाओगे और शहादत का दर्जा पाओगे।" पर यह बात उसकी समझ में न आयी। कहने लगा, "मैं क्यों आँखों-देखे, केले के छिलके पर पाँव धरने लगा—क्या मुझे अपनी जान प्यारी नहीं?" अल्लाह...अल्लाह, क्या जान थी—हड्डियों का ढाँचा, झुर्रियों की गठरी। मुझे बहुत अफ़सोस हुआ और उस वक़्त और भी ज़्यादा हुआ, जब मैंने सुना कि वह कम्बख़्त, जो बड़ी आसानी से शहादत का रुतबा पा सकता था, ख़ैराती हस्पताल में लोहे की चारपाई पर खाँसता-खँखारता मर गया।

एक बुढ़िया थी—मुँह में दाँत, न पेट में आँत। आख़िरी साँसें ले रही थी। मुझे बहुत तरस आया। बेचारी की सारी उम्र ग़रीबी, दुख और चिन्ता में बीती थी। मैं उसे उठाकर रेल के पाटे पर ले गया। (माफ़ कीजिएगा, हमारे यहाँ पटरी को पाटा कहते हैं।) लेकिन साहब, जैसे ही उसने गाड़ी की आवाज़ सुनी, होश में आ गयी और चाबी के खिलौने की तरह उठ कर भाग गयी।

मेरा दिल टूट गया, लेकिन फिर भी मैंने हिम्मत न हारी। बनिये का बेटा अपनी धुन का पक्का होता है। भलाई का जो साफ़ और सीधा रास्ता मुझे नज़र आया था, उसे मैंने अपनी आँख से ओझल न होने दिया।

मुग़लों के वक़्त का एक बहुत बड़ा अहाता ख़ाली पड़ा था। उसमें

एक सौ इक्यावन छोटे-छोटे कमरे थे। बहुत ही ख़स्ता हालत में। मेरी तजरुबे-कार आँखों ने अन्दाज़ा लगा लिया कि पहली ही तेज़ बारिश में सबकी छतें गिर जायेंगी; सो मैंने इस अहाते को साढ़े दस हज़ार रुपये में ख़रीद लिया और इसमें एक हज़ार, ग़रीब, बेसहारा लोग बसा दिये। दो महीने किराया वसूल किया—एक रुपया माहवार के हिसाब से। तीसरे महीने, जैसा कि मेरा अन्दाज़ा था, पहली ही बड़ी बारिश में सब कमरों की छतें नीचे आ रहीं और सात सौ आदमी, जिनमें बच्चे-बूढ़े सभी लोग थे, शहीद हो गये।

वह जो मेरे दिल पर बोझ-सा था, कुछ हद तक हल्का हो गया। आबादी में सात सौ आदमी कम भी हो गये, साथ ही उन्हें शहादत का दर्जा भी मिल गया—उधर का पलड़ा भारी ही रहा।

तब से मैं यही काम कर रहा हूँ। हर रोज़, बिसात के मुताबिक़, दो-तीन आदमियों को शहादत का जाम पिला देता हूँ।

जैसा कि मैं पहले ही कह चुका हूँ, काम कोई भी हो, इन्सान को मेहनत करनी ही पड़ती है। ख़ुदा भला करे, शोलापुर की अमीनाबाई चितलेकर एक शे'र गाया करती थी, लेकिन माफ़ कीजिएगा, वह शे'र यहाँ ठीक नहीं बैठता। कुछ भी हो, कहना यह है कि मुझे काफ़ी मेहनत करनी पड़ती है। मिसाल के लिए एक आदमी को (जिसका वजूद छकड़े के पाँचवें पहिए की तरह बेमतलब और बेकार था) जामे-शहादत पिलाने के लिए मुझे पूरे दस दिन जगह-जगह केले के छिलके गिराने पड़े। लेकिन मौत की तरह, जहाँ तक मैं समझता हूँ, शहादत का भी एक दिन तय है। दसवें दिन जा कर कहीं वह पथरीले फ़र्श पर केले के छिलके पर से फिसला और शहीद हो गया।

आज कल मैं एक बहुत बड़ी इमारत बनवा रहा हूँ। ठेका मेरी ही कम्पनी के पास है। दो लाख का है। उसमें से पचहत्तर हज़ार तो मैं साफ़ अपनी जेब में डाल लूँगा। बीमा भी करा लिया है। मेरा ख़याल है, जब तीसरी मंज़िल खड़ी की जायेगी तो सारी बिल्डिंग अड़-अड़-धड़ाम गिर पड़ेगी, क्योंकि मसाला ही मैंने ऐसा लगवाया है। उस वक़्त तीन सौ मज़दूर काम पर लगे होंगे। ख़ुदा के घर से मुझे पूरी-पूरी उम्मीद है कि ये सब-के-सब शहीद हो जायेंगे। लेकिन अगर कोई बच गया तो इसका यह मतलब होगा कि वह परले दर्जे का पापी है, जिसकी शहादत अल्लाहताला को मंज़ूर नहीं।

बी ज़मानी बेगम

"ज़मीन शक[1] हो रही है, आसमान काँप रहा है, हर तरफ़ धुआँ है, आग के शोलों में दुनिया उबल रही है, ज़लज़ले आ रहे हैं...यह क्या हो रहा है?"

"तुम्हें मालूम नहीं?"

"नहीं तो!"

"लो सुनो...दुनिया भर को मालूम है।"

"क्या?"

"वही ज़मानी बेगम...वही मुई चड्डो..."

"हाँ हाँ, क्या हुआ उसे?"

"वही जो होता आया है...लेकिन इस उम्र में...? शर्म नहीं आयी बदबख़्त को।"

"यह बदबख़्त ज़मानी बेगम है कौन?"

"हाएँ...वही सिकन्दर की होती-सोती...मुई टख़याई चंगेज़ के पास रही, हलाकू की दाश्ता[2] बनी, कुछ दिन उस लँगड़े तैमूर के साथ मुँह काला करती रही...वहाँ से निकली तो नैपोलियन की बग़ल में जा घुसी...अब यह मुवा हिटलर बाक़ी रह गया था!"

"तो अब क्या हिटलर के घर है?"

"बुवा, घर-घाट कैसा...निबाह हो सकता है कभी ऐसी औरत का!"

"तलाक़ हो गयी क्या?"

"तुम कैसी बातें करती हो बुवा...! तलाक़ तो तब हो, जो सहरे-जलवों की ब्याही हो...और फिर ऐसे मर्दों का भी क्या एतिबार है...दो दिन मज़े किये और चलो छुट्टी हुई।"

"तो अब क्या हो रहा है...यह फ़ज़ीहता किस बात का?"

"फ़ज़ीहता क्या है, पूरे दिनों से है...बच्चा पैदा होनेवाला है।"

"तो फिर हो क्यों नहीं चुकता?"

"हाँ सच तो है...कोई पहलौठी का तो है नहीं।"

डॉक्टर आते रहे, लेकिन बी ज़मानी के बच्चा पैदा न हुआ—दर्दो-कर्ब[3] की लहरों में इज़ाफ़ा हो गया, ज़लज़ले और ज़्यादा ज़ोर से आने लगे, शोलों की ज़बानें और ज़्यादा तेज़ हो गयीं।

डॉक्टरों ने कान्फ्रेंस की, हिकमत की सारी किताबें छानी गयीं—तय हुआ कि हामिला को तेहरान ले जाया जाये, वहाँ रूस के माहिर डॉक्टर को बुलाया जाये और उससे मश्वरा किया जाये।

तेहरान में ख़ास तौर पर जल्दी-जल्दी एक मैटरनिटी होम तैयार किया गया—बी ज़मानी बेगम दर्द से तड़पती रही और दुनिया के तीन बड़े डॉक्टर मश्वरा करते रहे।

एक बोला : "साहबान, इसमें कोई शक नहीं कि होने वाला बच्चा हमारा नहीं है, लेकिन इंसानियत के नाम पर हमें मरीज़ों को इस मुश्किल से निज़ात दिलाना ही पड़ेगी।"

दूसरा बोला : "हम तीन बड़े डॉक्टर तीन मुख़्तलिफ़ क़िस्म के तरीक़ा-ए-इलाज के माहिर हैं ... सबसे पहले जरूरत इस बात की है कि हम पर एक तरीक़ा-ए-इलाज पर मुत्तफ़िक़[4] हों। अगर ऐसा हो गया तो बी ज़मानी बेगम के बच्चा पैदा होना कोई मुश्किल नहीं।"

तीसरा बोला : "बिलकुल दुरुस्त है...आइये, हम फ़ौरन यह नेक काम शुरू कर दें।"

तीनों तरीक़े मिला कर एक नया तरीक़ा बनाया गया, जिस पर तीनों बड़े डॉक्टर मुत्तफ़िक़ हो गये।

दुनिया का चेहरा ख़ुशी से तमतमा उठा—मगर बी ज़मानी के बच्चा पैदा न हुआ।

"यह क्या हो रहा है...बच्चा पैदा क्यों नहीं हुआ अभी तक?"

"बच्चा तो पैदा हो रहा था, मगर उसे रोक दिया गया है।"

"क्यों?"

"डॉक्टर सोच रहे हैं कि उसे गोद कौन लेगा।"

"हूँ...तो फैसला क्या हुआ?"

"तुम कैसी बातें करती हो बुवा...ऐसे मामलों का इतनी जन्दी फ़ैसला कैसे हो सकता है...ख़ैर छोड़ो इस क़िस्से को, कुछ-न-कुछ हो ही जायेगा...जिसके हाँ औलाद नहीं है, वह ग़रीब उसे गोद ले लेगा।"

औलाद हर एक के थी। किसी के हाँ चार बच्चे थे, किसी के हाँ पाँच और किसी के हाँ सात। अब फैसला कैसे हो।

एक और कान्फ्रेंस हुई, डम बारटन औक्स में।

एक और मैटरनिटी होम अफ़रातफ़री[5] में बनाया गया। तीनों बड़े डॉक्टर वहाँ जमा हुए। हर एक ने सोचा, हर एक ने मामले की अहमियत समझने की कोशिश की।

बी ज़मानी बेगम बिस्तर पर पड़ी दर्द से कराहती रही।

एक बोला : "साहिबान, हम साहिबे-औलाद हैं...इस बच्चे के वुजूद के हम ज़िम्मेदार नहीं, लेकिन इंसानियत का तक़ाज़ा है कि हम इसकी पैदाइश में हर मुमकिन तरीक़े से मदद करें...आख़िर इसमें होनेवाले बच्चे का क्या क़ुसूर है।"

दूसरा बोला : "हम डॉक्टर हैं। हमारा मज़हब दवा है...हम चाहें तो इस होने वाले नाख़लफ़[6] बच्चे को, जिससे हमारा कोई रिश्ता नहीं, एक फ़रमांबरदार, इताअत शिआर[7], आज़ादीपसन्द और इंसानियत दोस्त नौजवान बना सकते हैं।"

तीसरा बोला : "बिलकुल दुरुस्त है...इस बच्चे की पैदाइश से दुनिया का एक बहुत बड़ा बोझ दूर हो जायेगा...हम डॉक्टर हैं। अपने फ़र्ज़ से हमें ग़ाफ़िल नहीं रहना चाहिए।"

आख़िर तय हो गया, एक और दस्तावेज़ पर अँगूठे भी लगा दिये गये कि होने वाले बच्चे को तीनों बड़े डॉक्टर गोद ले लेंगे और तीनों मिलकर उसकी परवरिश करेंगे।

लेकिन बी ज़मानी बेगम की तकलीफ़ फिर भी रफ़ा न हुई। वह पड़ी दर्द से कराहती रही।

"आख़िर यह मुसीबत क्या है?"

"कुछ समझ में नहीं आता?"

"क़िस्सा यह है कि बच्चे को गोद लेने का तो फ़ैसला हो गया है, लेकिन इस बी ज़मानी का भी तो कुछ बन्दोबस्त होना चाहिए।"

"मैं तो कहती हूँ, सात झाड़ू और हुक़्क़े का पानी..."

"लानत भेजें मुई हर्राफ़ा[8] पर..."

"नहीं बुवा, वह सोच रहे हैं कि यह कमबख़्त कहीं फिर..."

"ओह..."

एक और कान्फ्रेंस हुई।

तीनों बड़े डॉक्टर आख़िरी बार पोस्डम में जमा हुए।

जल्दी-जल्दी एक मैटरनिटी होम तैयार किया गया—बी ज़मानी बेगम पेचो-ताब खाती रही और उधर कान्फ्रेंस होती रही।

एक बोला : "साहबान, दुनिया की फ़लाह[9] और बेहबूदी[10] के लिए आज इस बात का क़तई तौर पर फैसला हो जाना चाहिए कि बी ज़मानी बेगम का यह बच्चा उसका आख़िरी बच्चा हो।"

दूसरा बोला : "दुनिया के थन इस औरत के तातादाद[11] हरामी बच्चों को दूध पिला-पिला कर सूख गये हैं...अब हमें इसको बाँझ करना ही पड़ेगा।"

तीसरा बोला : "बिलकुल दुरुस्त है...होनेवाले बच्चे की सेहत और तन्दुरुस्ती का ख़याल रखते हुए भी हमें ऐसा ही करना चाहिए।"

तय हो गया कि बच्चा फ़ौरन पैदा किया जाये और बी ज़मानी बेगम को हमेशा के लिए बाँझ कर दिया जाये।

अमले-जर्राही[12] शुरू हुआ—मैटरनिटी होम के बाहर दुनिया की सारी क़ौमें जमा हो गयीं। बहुत देर तक सन्नाटा छाया रहा।

इसके बाद मैटरनिटी होम का दरवाज़ा फट से खुला और एक सफ़ेदपोश नर्स बाहर निकली—उसने अपनी बारीक आवाज़ में ऐलान किया : "मुबारक हो...बी ज़मानी बेगम के बच्चा पैदा हो गया है... ज़च्चा और बच्चा दोनों बेहोश हैं।"

दुनिया की सारी क़ौमें फ़िक्रो-तरद्दुद में ग़र्क़ हो गयीं।

एक बूढ़ा, लंगोटी पहने, खाँसता-खँकारता नर्स की तरफ़ बढ़ा।

नर्स ने पूछा : "तुम कौन हो?"

बूढ़े ने अपने ख़ुश्क होंटों पर ज़बान फेरी और लरज़ाँ आवाज़ में कहा : "मेरा नाम हिन्दुस्तान है।"

"ओह...क्या चाहते हो तुम?"

"मैं सिर्फ़ यह पूछने आया हूँ कि लड़का हुआ है या लड़की?"

"दुनिया की सारी क़ौमें बेइख़्तियार खिलखिला कर हँस पड़ीं।"

फटना, विदीर्ण; 2. रखैल; 3. पीड़ा; 4. एक मत; 5. हड़बड़ी; 6. कपूत; 7. आज्ञाकारी; 8. चरित्रहीन; 9. मुक्ति; 10. भलाई; 11. असंख्य; 12. शल्य चिकित्सा, ऑप्रेशन।

देख कबीरा रोया

नगर-नगर ढिंढोरा पीटा गया कि जो आदमी भीख माँगेगा, उसको गिरफ़्तार कर लिया जायेगा।

गिरफ़्तारियाँ शुरू हुईं।

लोग ख़ुशियाँ मनाने लगे कि एक बहुत पुरानी लानत दूर हो गयी।

कबीर ने यह देखा तो उसकी आँखों में आँसू आ गये।

लोगों ने पूछा : "ऐ जुलाहे, तू क्यों रोता है?"

कबीर ने रोकर कहा : "कपड़ा दो चीज़ों से बनता है—ताने और पेटे से...गिरफ़्तारियों का ताना तो शुरू हो गया, पर पेट भरने का पेटा कहाँ है?"

एक एम.ए.एल.एल.बी. को दो सौ खड्डियाँ अलाट हो गयीं।

कबीर ने यह देखा तो उसकी आँखों में आँसू आ गये।

एम.ए.एल.एल.बी. ने पूछा : "ऐ जुलाहे के बच्चे, तू क्यों रोता है. ..? क्या इसलिए कि मैंने तेरा हक़ ग़स्ब[1] कर लिया है?"

कबीर ने रोते हुए जवाब दिया : "तुम्हारा क़ानून तुम्हें यह नुक्ता समझाता है कि खड्डियाँ पड़ी रहने दो और धागे का जो कोटा मिले, उसे बेच दो, आख़िर मुफ़्त की खटखट से क्या फ़ाइदा...लेकिन यह खटखट ही जुलाहे की जान है।"

छपी हुई किताब के फ़रमे थे, जिनके छोटे-बड़े लिफ़ाफ़े बनाये जा रहे थे।

कबीर का उधर से गुज़र हुआ—उसने दो-तीन लिफ़ाफ़े उठाये और उन पर छपी हुई तहरीर पढ़कर उसकी आँखों में आँसू आ गये।

लिफ़ाफ़े बनानेवाले ने हैरत से पूछा : "मियाँ कबीर, तुम क्यों रोने

लगे?"

कबीर ने जवाब दिया : "इन काग़ज़ों पर भगत सूरदास की कविता छपी हुई है...लिफ़ाफ़े बनाकर इसकी बेइज़्ज़ती न करो।"

लिफ़ाफ़े बनानेवाले ने हैरत से कहा : "जिसका नाम सूरदास है, वह भगत कभी नहीं हो सकता।"

कबीर ने ज़ारो-क़तार[2] रोना शुरू कर दिया।

एक ऊँची इमारत पर लक्ष्मी का बहुत ख़ूबसूरत बुत नस्ब[3] था।

चन्द लोगों ने जब उस इमारत को अपना दफ़्तर बनाया तो उस बुत को टाट के टुकड़ों से ढाँप दिया।

कबीर ने यह देखा तो उसकी आँखों में आँसू उमड़ आये।

दफ़्तर के आदमियों ने उसे ढाढस दी और कहा : "हमारे मज़हब में यह बुत जाइज़ नहीं।"

कबीर ने टाट के टुकड़ों की तरफ़ अपनी नमनाक आँखों से देखते हुए कहा : "ख़ूबसूरत चीज़ को बदसूरत बना देना भी किसी मज़हब में जाइज़ नहीं।"

दफ़्तर के आदमी हँसने लगे—कबीर धाड़ें मार-मारकर रोने लगा।

सफ़आरा[4] फ़ौजों के सामने जरनैल ने तक़रीर करते हुए कहा : "अनाज कम है, कोई परवाह नहीं...फ़स्लें तबाह हो गयी हैं, कोई फ़िक्र नहीं... हमारे सिपाही दुश्मन से भूखे ही लड़ेंगे।"

दो लाख फ़ौजियों ने 'ज़िन्दाबाद, ज़िन्दाबाद' के नारे लगाने शुरू कर दिये।

कबीर चिल्ला-चिल्ला कररोने लगा।

जरनैल को बहुत ग़ुस्सा आया—वह पुकार उठा : "ऐ शख़्स, बता सकता है, तू क्यों रोता है?"

कबीर ने रोनी आवाज़ में कहा : "ऐ मेरे बहादुर जरनैल, भूख से कौन लड़ेगा?"

दो लाख फ़ौजियों ने 'कबीर-मुर्दाबाद' के नारे लगाने शुरू कर दिये।

"भाइयो, दाढ़ी रखो, मूँछें कतरो और शरई पाजामा पहनो...बहनो, एक चोटी करो, सुर्ख़ी सफ़ेदी न लगाओ, बुर्क़ा पहनो..." बाज़ार में एक मौलवी चिल्ला रहा था।

कबीर ने यह सब देखा तो उसकी आँखें नमनाक हो गयीं।

चिल्लानेवाले मौलवी ने और ज़्यादा चिल्लाकर पूछा : "कबीर, तू क्यों रोने लगा?"

कबीर ने अपने आँसू ज़ब्त करते हुए कहा : "तेरा भाई है न तेरी बहन...और यह जो तेरी दाढ़ी है, इसमें तूने वस्मा[5] क्यों लगा रखा है.. .क्या तुझे सफ़ेदी अच्छी नहीं लगती।"

मौलवी ने कबीर को गालियाँ देनी शुरू कर दीं—कबीर की आँखों से टप-टप आँसू गिरने लगे।

एक जगह बहस हो रहा थी।

"अदब 'बराए-अदब' है।"

"बकवास करते हो...अदब 'बराए-ज़िन्दगी' है।"

"वह ज़माना लद गया...अदब तो प्रोपेगेंडे का दूसरा नाम है।"

"तुम्हारी ऐसी-की-तैसी..."

"तुम्हारे स्टालिन की ऐसी-की-तैसी..."

"तुम्हारे रजअतपसन्द[6] और फ़लाँ-फ़लाँ बीमारियों के मारे हुए फ़्लाबेयर और बादेलेयर की ऐसी-की-तैसी..."

कबीर रोने लगा।

बहस करनेवाले बहस छोड़ कर उसकी तरफ़ मुतवज्जेह हुए।

एक ने कबीर से पूछा : "तुम्हारे तहतुश्शऊर[7] में ज़रूर कोई चीज़ है, जिसे ठेस पहुँची है।"

दूसरे ने कहा : "तुम्हारे आँसू बुर्जुवाई[8] सद्मे का नतीजा हैं।"

कबीर और ज़्यादा रोने लगा।

बहस करने वालों ने तंग आकर बयक ज़बान सवाल किया : "मियाँ, यह तो बताओ कि तुम रोते क्यों हो?"

कबीर ने कहा : "मैं इसलिए रोया था कि आपकी समझ में आ जाये, अदब 'बराए-अदब' है, या अदब 'बराए-ज़िन्दगी' है।"

बहस करनेवाले हँसने लगे।

एक ने कहा : "यह परोलतारी[9] मसख़रा है।"

दूसरे ने कहा : "नहीं, यह बुर्जुवाई बहरूपिया है।"

कबीर की आँखों में फिर आँसू आ गये।

हुक्म नाफ़िज[10] हो गया कि शहर की तमाम कसबियाँ एक महीने के अन्दर-अन्दर शादी कर लें और शरीफ़ाना ज़िन्दगी बसर करें।

कबीर एक चकले से गुज़रा तो कसबियों के उड़े हुए चेहरे देख

कर उसने रोना शुरू कर दिया।

एक मौलवी ने उससे पूछा : "मौलाना, आप रो क्यों रहे हैं?"

कबीर ने रोते हुए जवाब दिया : "अख़्लाक़ के मुअल्लिम[11] इन कसबियों के शौहरों के लिए क्या बन्दोबस्त करेंगे?"

मौलवी तो कबीर की बात न समझा और हँसने लगा और कबीर की आँखें और ज़्यादा अश्कबार हो गयीं।

दस-बारह हज़ार के मजमे में एक आदमी तक़रीर कर रहा था : "भाइयो, बाज़याफ़्ता[12] औरतों का मसला हमारा सबसे बड़ा मसला है। इसका हल हमें सबसे पहले सोचना है...अगर हम ग़ाफ़िल रहे तो यह औरतें क़हबाख़ानों में चली जायेंगी और फ़ाहिशा[13] बन जायेंगी...सुन रहे हो, फ़ाहिशा बन जायेंगी...तुम्हारा फ़र्ज़ है कि तुम इनको इस ख़ौफ़नाक मुस्तक़बिल[14] से बचाओ और अपने घरों में इनके लिए जगह पैदा करो. ..अपनी, अपने भाई या अपने बेटे की शादी करने से पहले तुम्हें इन औरतों को हरगिज़-हरगिज़ फ़रामोश नहीं करना चाहिए..."

कबीर फूट-फूट के रोने लगा।

तक़रीर करनेवाला रुक गया—कबीर की तरफ़ इशारा करके उसने बुलन्द आवाज़ में हाज़रीन से कहा : "देखो, इस शख़्स के दिल पर कितना असर हुआ है।"

कबीर ने गुलूगीर आवाज़ में कहा : "लफ़्ज़ों के बादशाह, तुम्हारी तक़रीर ने मेरे दिल पर कुछ असर नहीं किया है...मैंने जब सोचा कि तुम किसी मालदार औरत से शादी करने की ख़ातिर अभी तक कुँआरे बैठे हो तो मेरी आँखों में आँसू आ गये।"

एक दुकान पर यह बोर्ड लगा था : जिनाह बूट हाउस।

कबीर ने उसे देखा तो ज़ारो-क़तार रोने लगा।

लोगों ने देखा कि एक आदमी खड़ा है, उसकी आँखें बोर्ड पर जमी हैं और वह रोए जा रहा है तो उन्होंने तालियाँ बजाना शुरू कर दीं : "पागल है...पागल है..."

मुल्क का सबसे बड़ा क़ाइद चल बसा तो चारों तरफ़ मातम की सफ़ें बिछ गयीं।

अक्सर लोग बाज़ुओं पर सियाह बिल्ले बाँधकर फिरने लगे।

कबीर ने यह देखा तो उसकी आँखों में आँसू आ गये।

सियाह बिल्लेवालों ने उससे पूछा : "क्या दुख पहुँचा जो तुम रोने लगे?"

कबीर ने जवाब दिया : "यह काले रंग की चिंदियाँ अगर जमा कर ली जायें तो सैकड़ों की सत्रपोशी[15] कर सकती हैं।"

सियाह बिल्लेवालों ने कबीर को पीटना शुरू कर दिया : "तुम कम्युनिस्ट हो, फ़िफ़्थ कालमिस्ट हो, पाकिस्तान के गद्दार हो।"

कबीर हँस पड़ा : "लेकिन दोस्तो, मेरे बाज़ू पर तो किसी रंग का बिल्ला नहीं।"

---

1. अवैध क़ब्ज़ा; 2. फूट-फूटकर; 3. स्थापित; 4. पंक्ति में खड़ी हुई; 5. ख़िज़ाब; 6. प्रतिक्रियावादी; 7. अवचेतना; 8. धनी; 9. मज़दूरपरस्त; 10. लागू होना, जारी होना; 11. शिक्षक; 12. दुबारा से मिली हुई; 13. वेश्या; 14. भविष्य; 15. तन ढकना।

आख़िरी सेल्यूट

यह कश्मीर की लड़ाई भी कुछ अजीबो-ग़रीब थी—सूबेदार रब नवाज़ का दिमाग़ ऐसी बन्दूक बन गया था जिसका घोड़ा ख़राब हो गया हो।

पिछली बड़ी जंग में वह कई महाज़ों[1] पर लड़ चुका था; मारना और मरना जानता था; छोटे-बड़े अफ़सरों की नज़रों में उसकी बड़ी तौक़ीर[2] थी, इसलिए कि वह बड़ा बहादुर, निडर और समझदार सिपाही था; प्लाटून कमांडर मुश्किल काम हमेशा उसे ही सौंपते थे और वह उनसे ओहदाबरा[3] होता था, मगर इस लड़ाई का ढंग ही निराला था—दिल में बड़ा वलवला, बड़ा जोश था; भूख-प्यास से बेपरवा सिर्फ़ एक ही लगन थी, दुश्मन का सफ़ाया कर देने की; जब दुश्मन से सामना होता तो जानी-पहचानी सूरतें नज़र आतीं; बाज़ दोस्त दिखायी देते, बड़ी बगली क़िस्म के जो पिछली लड़ाई में उसके दोश-बदोश[4] इत्तिहादियों[5] के दुश्मनों से लड़े थे, पर अब एक-दूसरे की जान के प्यासे बने हुए थे।

सूबेदार रब नवाज़ सोचता था कि यह सब ख़्वाब तो नहीं—पिछली बड़ी जंग का एलान; भर्ती, क़द और छातियों की पैमाइश; पी.टी., चाँदमारी और फिर महाज़; इधर से उधर, उधर से इधर; आख़िर जंग का ख़ात्मा; फिर एकदम पाकिस्तान का क़याम[6] और साथ ही कश्मीर की लड़ाई; ऊपर-तले कितनी ख़बरें—रब नवाज़ सोचता था कि करनेवाले ने यह सब कुछ सोच-समझकर किया है, ताकि दूसरे बौखला जायें और समझ न सकें; वरना यह भी कोई बात है कि इतनी जल्दी इतने बड़े इन्क़िलाब बरपा हो जायें।

इतनी बात तो सूबेदार रब नवाज़ की समझ में आती थी कि वह कश्मीर हासिल करने के लिए लड़ रहे हैं; कश्मीर क्यों हासिल करना है, यह भी वह अच्छी तरह समझता था, इसलिए कि पाकिस्तान की बक़ा[7] के लिए कश्मीर का इलहाक़[8] अशद ज़रूरी है; मगर निशाना बाँधते हुए उसे जब कोई जानी-पहचानी शक्ल नज़र आ ज़ाती तो वह

कुछ देर के लिए भूल ज़ाता कि वह किस ग़रज़ के लिए लड़ रहा है, किस मक़सद के लिए उसने बन्दूक उठायी है—वह ग़ालिबन इसलिए भूल ज़ाता था कि उसे बार-बार खुद को याद कराना पड़ता था कि अब वह सिर्फ़ तनख़्वाह, ज़मीन के मुरब्बों और तमग़ों के लिए नहीं बल्कि अपने वतन की ख़ातिर लड़ रहा है; यह वतन पहले भी उसका वतन था; वह उसी इलाके का रहनेवाला था जो अब पाकिस्तान का एक हिस्सा बन गया था; अब उसे अपने उसी हमवतन के ख़िलाफ़ लड़ना था जो कभी उसका हमसाया होता था, जिसके ख़ानदान से उसके ख़ानदान के पुश्तहा-पुश्त[9] के देरीना मरासिम[10] थे—अब उसके हमसाये का वतन वह था जिसका पानी तक उसने नहीं पिया था; उसी वतन की ख़ातिर उसके हमसाये ने काँधे पर बन्दूक रख ली थी कि उसे हुक्म दिया गया था कि जाओ, यह जगह जहाँ तुमने अभी अपने घर के लिए दो ईंटें भी नहीं चुनी हैं, जिसकी हवा और जिसके पानी का मज़ा अभी तुम्हारे मुँह में ठीक तौर पर बैठा नहीं है, तुम्हारा वतन है...जाओ इस वतन की ख़ातिर पाकिस्तान से लड़ो, उस पाकिस्तान से जिसके ऐन दिल में तुमने अपनी उम्र के इतने बरस गुज़ारे हैं...

रब नवाज़ सोचता था कि यही हाल उन मुसलमान फ़ौजियों का है जो वहाँ हिन्दुस्तान में अपना घरबार छोड़ कर यहाँ पाकिस्तान में आ गये हैं; वहाँ उनसे सब कुछ छीन लिया गया था, यहाँ उन्हें और तो कुछ मिला नहीं, बन्दूकें मिल गयी हैं, उसी वज़न की, उसी शक्ल की, उसी मार्के और छाप की।

पहले वह सब मिलकर एक ऐसे दुश्मन से लड़ते थे जिसका उन्होंने पेट और इनामोइकराम[11] की ख़ातिर अपना दुश्मन यक़ीन कर लिया था—अब वह खुद दो हिस्सों में बँट गये थे; पहले सब हिन्दुस्तानी फ़ौजी कहलाते थे, अब एक पाकिस्तानी फ़ौजी है और दूसरा हिन्दुस्तानी फ़ौजी—उधर हिन्दुस्तान में मुसलमान हिन्दुस्तानी फ़ौजी भी थे—रब नवाज़ जब उनके मुताल्लिक़ सोचता तो उसके दिमाग़ में एक अजीब गड़बड़-सी पैदा हो ज़ाती—जब वह कश्मीर के मुताल्लिक सोचता तो उसका दिमाग़ बिलकुल जवाब दे जाता—पाकिस्तानी फ़ौजी कश्मीर के लिए लड़ रहे हैं या कश्मीर के मुसलमानों के लिए। अगर वह कश्मीर के मुसलमानों के लिए लड़ रहे हैं तो हैदराबाद और जूनागढ़ के मुसलमानों के लिए क्यों उन्हें लड़ने के लिए नहीं कहा ज़ाता; और अगर यह जंग ठेठ इस्लामी जंग है तो दुनिया के दूसरे इस्लामी मुल्क इस जंग में क्यों हिस्सा नहीं लेते—रब नवाज़ बहुत सोच-विचार के बाद इस नतीजे

पर पहुँचा कि ऐसी बारीक-बारीक बातें फ़ौजी को बिलकुल नहीं सोचना चाहिए; फ़ौजी की अक़्ल मोटी होनी चाहिए कि मोटी अक़्लवाला ही अच्छा सिपाही हो सकता है; मगर कभी-कभी वह चोर दिमाग़ से इन बातों पर ग़ौर कर लेता था और बाद में अपनी इस हरकत पर ख़ूब हँसता था।

दरिया-ए-किशन गंगा के किनारे, उस सड़क के लिए जा मुज़फ़्फ़राबाद से करन ज़ाती है, कुछ अर्से से लड़ाई हो रही थी। अजीबो-ग़रीब लड़ाई थी, रात को बाज़ औक़ात आसपास की पहाड़ियाँ फ़ायरों के बजाय गन्दी-गन्दी गालियों से गूँज उठती थीं।

एक मर्तबा सूबेदार रब नवाज़ अपनी प्लाटून के जवानों के साथ शब-ख़ून[12] मारने के लिए तैयार हो रहा था कि दूर, नीचे एक खायी से गालियों का शोर उठा। पहले तो वह घबरा गया। ऐसा लगता था कि बहुत-से भूत मिलकर नाच रहे हैं, और ज़ोर-ज़ोर से कहकहे लगा रहे हैं—वह बड़बड़ाया : "ख़िंज़ीर की दुम...यह क्या हो रहा है?"

एक जवान ने गूजती हुई आवाज़ों से मुख़ातिब हो कर यह बड़ी गाली दी और रब नवाज़ से कहा : "सूबेदार साहब, गालियाँ दे रहे हैं अपनी माँ के यार!"

रब नवाज़ यह गालियाँ सुन रहा था जो बहुत उकसानेवाली थीं; उसके जी में आयी कि बिज़न[13] बोल दे मगर ऐसा करना ग़लती होती, चुनांचे वह ख़ामोश रहा। कुछ देर जवान भी चुप रहे मगर जब पानी सिर से गुज़र गया तो उन्होंने भी गला फाड़-फाड़ के गालियाँ लुढ़काना शुरू कर दीं।

रब नवाज़ के लिए इस किस्म की लड़ाई बिलकुल नयी चीज़ थी; उसने जवानों को दो-तीन मर्तबा ख़ामोश रहने के लिए कहा, मगर गालियाँ ही कुछ ऐसी थीं कि जवाब दिये बिना उनसे रहा नहीं जाता था।

दुश्मन के सिपाही नज़र से ओझल थे; रात को तो ख़ैर अँधेरा होता है मगर वह तो दिन को भी नज़र नहीं आते थे; सिर्फ़ उनकी गालियाँ नीचे पहाड़ी के क़दमों से उठती थीं और पत्थरों के साथ टकरा-टकराकर हवा में हल हो ज़ाती थीं—रब नवाज़ की प्लाटून के जवान जब इन गालियों का जवाब देते थे तो उसे ऐसा लगता था कि उनकी गालियाँ दुश्मन की तरफ़ नीचे नहीं जातीं, ऊपर आसमान की तरफ़ उड़ जाती हैं; इसलिए उसे ख़ासी कोफ़्त होती थी—उसने झुंझला करहमला करने का हुक्म दे दिया।

रब नवाज़ को वहाँ की पहाड़ियों में एक अजीब बात नज़र आयी

थी—चढ़ाई की तरफ़ कोई पहाड़ी दरख़्तों और बूटों से लदी-फँदी होती थी और उतराई की तरफ़ गंजी, कश्मीरी हातो के सर की तरह; किसी पहाड़ी की चढ़ाई का हिस्सा गंजा होता था और उतराई की तरफ़ उसी पहाड़ी पर दरख़्त ही दरख़्त होते थे, चीड़ के लम्बे तनावर दरख़्त जिनके बँटे हुए धागे-जैसे पत्तों पर फ़ौजी बूट फिसल-फिसल ज़ाते थे—जिस पहाड़ी पर सूबेदार रब नवाज़ की प्लाटून थी, उसकी उतराई दरख़्तों और झाड़ियों से बेनियाज़ थी; ज़ाहिर है कि हमला बहुत ही ख़तरनाक था मगर सब जवान बख़ुशी तैयार थे; गालियों का इंतिक़ाम लेने के लिए वह बहुत बेताब थे—हमला हुआ और कामयाब रहा; दो जवान मारे गये और चार ज़ख़्मी हुए; दुश्मन के तीन आदमी खेत रहे, बाक़ी रसद का कुछ सामान छोड़ कर भाग निकले।

सूबेदार रब नवाज़ और उसके जवानों को इस बात का बड़ा दुख था कि दुश्मन का कोई ज़िन्दा सिपाही उनके हाथ न आ सका, जिसको वह ख़ातिरख़्वाह गालियों का मज़ा चखा सकते; मगर यह मोर्चा फ़तह करने से वह एक बड़ी अहम पहाड़ी पर क़ाबिज़ हो गये थे—वायरलेस के जरिए से सूबेदार रब नवाज़ ने प्लाटून कमांडर मेजर असलम को फ़ौरन ही अपने हमले के नतीजे से मुत्तला[14] कर दिया था और शाबाश वुसूल की थी।

क़रीब-क़रीब हर पहाड़ी की चोटी पर पानी का एक तालाब-सा होता था—इस पहाड़ी पर भी तालाब था मगर दूसरी पहाड़ियों के तालाबों के मुक़ाबले में ज़्यादा बड़ा; इसका पानी साफ़ और शफ़्फ़ाफ़ था। गो मौसम सख़्त सर्द था मगर सब नहाये; दाँत बजते रहे मगर उन्होंने कोई परवाह न की। वह अभी इस शुग्ल में मसरूफ़ थे कि फ़ायर की आवाज़ आयी। सब नंगे ही लेट गये। थोड़ी देर के बाद सूबेदार रब नवाज़ ने दूरबीन लगाकर नीचे ढलवानों पर नज़र दौड़ाई मगर उसे दुश्मन के छुपने की जगह का पता न चला। उसके देखते-देखते एक और फ़ायर हुआ। दूर उतराई के फ़ौरन बाद एक निस्बतन[15] छोटी पहाड़ी की दाढ़ी से उसे धुआँ उठता नज़र आया। उसने फ़ौरन ही अपने जवानों को फ़ायर का हुक्म दिया।

इधर से धड़ाधड़ फ़ायर हुए और उधर से भी जवाबन गोलियाँ चलने लगीं।

सूबेदार रब नवाज़ ने दूरबीन से दुश्मन की पोज़ीशन का बग़ौर

मुतालआ[16] किया—वह ग़ालिबन बड़े-बड़े पत्थरों के पीछे महफ़ूज़ थे, मगर यह मुहाफ़िज[17] दीवार बहुत ही छोटी थी ज़्यादा देर तक वह जमे नहीं रह सकते थे; उनमें से जो भी इधर या उधर हटता तो उसका सूबेदार रब नवाज़ की ज़द में आना यक़ीनी था।

थोड़ी देर फ़ायर होते रहे। उसके बाद रब नवाज़ ने अपने जवानों को मना कर दिया कि वह गोलियाँ ज़ाया न करें, सिर्फ़ ताक में रहें...जूँही दुश्मन का कोई सिपाही पत्थरों की दीवार के पीछे से निकलकर इधर या उधर जाने की कोशिश करे, उसको उड़ा दें—यह हुक्म देकर उसने अपने अलिफ़ नंगे बदन की तरफ़ देखा और बड़बड़ाया : "ख़िंज़ीर की दुम...कपड़ों के बग़ैर आदमी हैवान मालूम होता है।"

लम्बे-लम्बे वक़्फ़ों के बाद दुश्मन की तरफ़ से इक्का-दुक्का फ़ायर होता रहा; इधर से भी उसका जवाब कभी-कभी दे दिया जाता; यह खेल पूरे दो दिन जारी रहा।

मौसम यकलख़्त[18] बहुत सर्द हो गया था, इस क़दर सर्द कि दिन को भी ख़ून मुंजमिद होने लगता था, चुनांचे सूबेदार रब नवाज़ ने चाय के दौर शुरू करा दिये। हर वक़्त आग पर केतली धरी रहती; जूँही सर्दी ज़्यादा सताती, एक दौर उस गर्म-गर्म मश्रूब[19] का हो ज़ाता। वैसे दुश्मन पर बराबर निगाह थी; इधर एक जवान हटता, उधर दूसरा उसकी जगह फ़ौरन दूरबीन ले कर बैठ ज़ाता।

हड्डियों तक उतर जानेवाली सर्द हवा चल रही थी—जब उस जवान ने जो पहरे पर था, बताया कि पत्थरों की दीवार के पीछे कुछ गड़बड़ हो रही है तो सूबेदार रब नवाज़ ने उससे दूरबीन ली और ग़ौर से देखा। उसे कहीं कोई हरकत नज़र न आयी, लेकिन फ़ौरन ही एक आवाज़ बुलन्द हुई और देर तक उसकी गूँज आसपास की पहाड़ियों के साथ टकराती रही। रब नवाज़ इसका मतलब न समझा। इसके जवाब में उसने अपनी बन्दूक दाग दी। उसकी गूँज दबी तो फिर उधर से आवाज़ बुलन्द हुई जो साफ़ तौर पर उनसे मुख़ातिब थी।

रब नवाज़ चिल्लाया : "ख़िंज़ीर की दुम, बोल क्या कहता है तू!"

फ़ासिला ज़्यादा नहीं था—रब नवाज़ के अल्फ़ाज़ दुश्मन तक पहुँच गये, क्योंकि वहाँ से किसी ने कहा : "गाली न दे भाई!"

रब नवाज़ ने अपने जवानों की तरफ़ देखा और बड़ी झुंझलाहट में ताज्जुब के साथ कहा : "भाई...?" फिर वह अपने मुँह के आगे दोनों हाथ का भोंपू बनाकर चिल्लाया : "भाई होगा तेरी माँ का जना...यहाँ

सब तेरी माँ के यार हैं!"

एकदम उधर से एक ज़ख़्मी आवाज़ बुलन्द हुई : "रब नवाज़...!"

रब नवाज़ काँप गया।

ज़ख़्मी आवाज़ आसपास की पहाड़ियों से सर फोड़ती रही और मुख़्तलिफ़ अन्दाज़ में 'रब नवाज़, रब नवाज़' दोहराती बिलआख़िर ख़ून मुंजमिद[20] कर देने वाली हवा के साथ जाने कहाँ उड़ गयी।

बहुत देर के बाद रब नवाज़ चौंका : 'वह कौन था...?' फिर वह आहिस्ता से बड़बड़ाया : "ख़िंज़ीर की दुम!"

उसको इतना मालूम था कि टेटवाल के महाज़ पर सिपाहियों की अक्सरियत 6/9 रेजिमेंट की है; वह भी उसी रेजिमेंट में था—मगर वह आवाज़ किसकी थी? वह ऐसे बेशुमार आदमियों को जानता था जो कभी उसके अज़ीज़-तरीन दोस्त थे; कुछ ऐसे भी थे जिनसे उसकी दुश्मनी थी चन्द ज़ाती अग़राज़ की बिना पर; लेकिन वह कौन था जिसने उसकी गाली का बुरा मानकर उसे चीख़कर पुकारा था।

रब नवाज़ ने दूरबीन लगाकर देखा, मगर पहाड़ी की हिलती हुई छिदरी दाढ़ी में उसे कोई नज़र न आया; दोनों हाथों का फिर भोंपू बनाकर उसने ज़ोर से अपनी आवाज़ उधर फेंकी : "उधर कौन है...? मैं। रब नवाज़ बोल रहा हूँ...रब नवाज़...रब नवाज़!"

'रब नवाज़' फिर कुछ देर तक पहाड़ियों के साथ टकराता रहा।

रब नवाज़ बड़बड़ाया : "ख़िंज़ीर की दुम!"

फ़ौरन ही उधर से आवाज़ बुलन्द हुई : "मैं हूँ...मैं हूँ राम सिंह!"

रब नवाज़ यह सुन कर यूँ उछला जैसे वह छलाँग लगाकर दूसरी तरफ़ जाना चाहता हो। पहले उसने अपने आपसे कहा : "राम सिंह?" फिर वह हलक़ फाड़ के चिल्लाया : "राम सिंह...? ओए राम सिंघा... ख़िंज़ीर की दुम...!"

'ख़िंज़ीर की दुम' अभी पहाड़ियों के साथ टकरा-टकराकर पूरी तरह गुम नहीं हुई थी कि राम सिंह की फटी-फटी आवाज़ बुलन्द हुई : "ओए कुम्हार के खोते!"

रब नवाज़ फूँ-फूँ करने लगा। जवानों की तरफ़ रोबदार नज़रों से देखते हुए वह बड़बड़ाया : "बकता है...ख़िंज़ीर की दुम!" फिर उसने राम सिंह को जवाब दिया : "ओए बाबा टल के कड़ा परशाद...ओए ख़िंज़ीर के झटके...!"

राम सिंह बेतहाशा क़हक़हे लगाने लगा; रब नवाज़ भी ज़ोर-ज़ोर से हँसने लगा; पहाड़ियाँ यह आवाज़ें बड़े खिलंदड़े अन्दाज़ में इधर-उधर

उछालती रहीं।

सूबेदार रब नवाज़ के जवान ख़ामोश थे।

जब हँसी का दौरा ख़त्म हुआ तो उधर से राम सिंह क़ी आवाज़ बुलन्द हुई : “देखो यार, हमें चाय पीनी है।”

रब नवाज़ बोला : “पियो ना...! ऐश करो!”

राम सिंह चिल्लाया : “ओए ऐश किस तरह करें...सामान तो हमारा उधर पड़ा है।”

रब नवाज़ ने पूछा : “किधर?”

राम सिंह की आवाज़ आयी : “उधर...जिधर तुम्हारा फ़ायर हमें उड़ा सकता है।”

रब नवाज़ हँसा : “तो क्या चाहते हो तुम...ख़िज़ीर की दुम।”

राम सिंह बोला : “हमें सामान ले आने दे।”

“ले आ...!” रब नवाज़ ने अपने जवानों की तरफ़ देखा।

राम सिंह की तश्वीश भरी आवाज़ बुलन्द हुई : “तू उड़ा देगा हमें, कुम्हार के खोते!”

रब नवाज़ ने भिन्नाकर कहा : “बक नहीं ओए संतोख सर के कछुए!”

राम सिंह हँसा : “क़सम खा, कि तू हमें नहीं मारेगा?”

रब नवाज़ ने पूछा : “किसकी क़सम खाऊँ?”

राम सिंह ने कहा : “किसी की भी खा ले!”

रब नवाज़ हँसा : “ओए जा...मँगवा ले अपना सामान!”

चन्द लम्हात ख़ामोशी रही।

दूरबीन एक जवान के हाथ में थी। उसने मानीख़ेज़ नज़रों से सूबेदार रब नवाज़ की तरफ़ देखा। वह बन्दूक चलाने ही वला था कि रब नवाज़ ने उसे मना किया : “नहीं...नहीं!”

फिर रब नवाज़ ने दूरबीन ले कर ख़ुद ही देखा।

दुश्मन का एक सिपाही डरते-डरते पंजों के बल पत्थरों के [21]
से निकल रहा था; फिर वह उठा और तेज़ी से भागा और दूर
झाड़ियों में ग़ायब हो गया; कुछ देर के बाद वह झाड़ियों निकला
तो उसके दोनों हाथों में कुछ सामान था; एक लहज़े के ह रुका,
और फिर तेज़ी से पत्थरों की मह्फ़ूज़ दीवार की भागा और
बिलआख़िर वहाँ पहुँच गया।

वह नज़रों से ओझल हुआ तो रब नवाज़ बन्दूक चला हुआ।
दी। तड़ाख़ के साथ ही रब नवाज़ का क़हक़

दोनों आवाज़ें मिलकर कुछ देर झनझनाती रहीं। फिर राम सिंह की आवाज़ आयी : "थैंक्यू...!"

"नो मेंशन...!" रब नवाज़ ने यह कहकर जवानों की तरफ़ देखा : "तो एक राउंड हो जाये।"

तफ़्रीह के तौर पर दोनों तरफ़ से गोलियाँ चलने लगीं—फिर ख़ामोशी छा गयी।

रब नवाज़ ने दूरबीन लगाकर देखा—पत्थरों की महफ़ूज दीवार की ओट में धुआँ उठ रहा था। वह पुकारा : "चाय तैयार कर ली राम सिंह?"

उधर से जवाब आया : "अभी कहाँ ओएं कुम्हार के खोते!"[22]

रब नवाज़ ज़ात का कुम्हार था। जब कोई उसकी ज़ात की तरफ़ इशारा करता था तो गुस्से से उसका ख़ून खौलने लगता था; एक सिर्फ़ राम सिंह के मुँह से वह 'कुम्हार' बर्दाश्त कर लेता था, इसलिए कि वह उसका बेतकल्लुफ़ दोस्त था। एक ही गाँव में दोनों पलकर जवान हुए थे; दोनों की उम्र में सिर्फ़ चन्द दिन का फ़र्क़ था; दोनों के बाप, और उनके बाप भी एक-दूसरे के दोस्त थे; दोनों एक ही स्कूल में प्राइमरी तक पढ़े थे। एक ही दिन फ़ौज में भर्ती हुए थे और पिछली बड़ी जंग में दोनों कई महाज़ों पर इकट्ठे लड़े थे।

रब नवाज़ अपने जवानों की नज़रों में ख़ुद को ख़फ़ीफ़[23] महसूस करके बड़बड़ाया : "ख़िंज़ीर की दुम अब भी बाज़ नहीं आता..." फिर वह राम सिंह से मुख़ातिब हुआ : "बक नहीं ओए खोते की जूँ!"

राम सिंह का क़हक़हा बुलन्द हुआ।

रब नवाज़ ने बस वैसे ही शस्त[24] बाँध रखी थी, ऐसे ही उसने लुबलुबी दबा दी।

तड़ाख़ के साथ ही एक फ़लकशिगाफ़[25] चीख़ बुलन्द हुई।

रब नवाज़ ने फ़ौरन दूरबीन लगायी और देखा कि पत्थरों की दीवार ज़रा हटकर राम सिंह पेट पकड़े दोहरा हुआ और गिर पड़ा।

रब नवाज़ ज़ोर से चीख़ा : "राम सिंह...!" और उछलकर खड़ा हो ग

से बयकवक़्त तीन-चार फ़ायर हुए। एक गोली रब नवाज़ का

पर ज़ू चाटती हुई निकल गयी। फ़ौरन ही वह औंधे मुँह ज़मीन

अ

गड़बड़ तरफ़ से फ़ायर शुरू हो गये। उधर के कुछ सिपाहियों ने उठाकर पत्थरों के अक़ब से निकलकर भागना

चाहा–इधर से फ़ायर जारी थे, मगर निशाने पर कोई न बैठा।

रब नवाज़ ने जवानों को अपनी पहाड़ी उतरने का हुक्म दिया। तीन जवान फ़ौरन ही मारे गये, लेकिन बाकी जवान उफ़्ताँ-खेज़ाँ[26] दूसरी पहाड़ी पर पहुँच गये।

राम सिंह ख़ून में लथपथ पथरीली ज़मीन पर पड़ा कराह रहा था। गोली उसके पेट में लगी थी। रब नवाज़ को देख कर उसकी आँखें तमतमा उठीं। मुसकराकर उसने कहा : "ओए कुम्हार के खोते, यह तूने क्या किया...?"

राम सिंह का ज़ख़्म रब नवाज़ अपने पेट पर महसूस कर रहा था; वह मुसकराकर राम सिंह पर झुका और दो ज़ानूँ हो कर उसकी पेटी खोलने लगा : "ख़िंज़ीर की दुम, तुमसे किसने बाहर निकलने को कहा था।"

पेटी उतारे जाने के दौरान राम सिंह को सख़्त तकलीफ हुई; दर्द से वह चिल्ला-चिल्ला पड़ा।

जब पेटी उतर गयी तो रब नवाज़ ने राम सिंह के ज़ख़्म का मुआइना किया, ज़ख़्म बहुत ख़तरनाक था।

राम सिंह ने रब नवाज़ का हाथ दबाकर कहा : "मैं अपना आप तुझे दिखाने के लिए बाहर निकला था कि तूने...ओए रब के पुत्तर, तूने फ़ायर कर दिया।"

रब नवाज़ का गला रुँध गया : "क़सम वहदहु-लाशरीक[27] की, मैंने तो ऐसे ही बन्दूक चला दी थी...मुझे मालूम नहीं कि तू खोते का सिंह बाहर निकल रहा है...मुझे अफ़सोस है राम सिंहा!"

राम सिंह का ख़ून क़ाफी बह चुका था। रब नवाज़ और उसके जवान कई घण्टों के बाद वहाँ पहुँचे थे। इस अर्से में तो ख़ून की एक पूरी मश्क ख़ाली हो सकती थी।

रब नवाज़ को हैरत थी कि राम सिंह इतनी देर तक ज़िन्दा रह सका है; उसको उम्मीद नहीं थी कि राम सिंह बचेगा; उसे हिलाना-जुलाना भी ग़लत था; इसीलिए उसने फ़ौरन वायरलेस के ज़रिए प्लाटून कमांडर से दरख़्वास्त की कि एक डॉक्टर जल्दी रवाना किया जाये...उसका दोस्त राम सिंह ज़ख़्मी हो गया है।

डॉक्टर का वहाँ तक पहुँचना और फिर वक़्त पर पहुँचना बिलकुल मुहाल था। रब नवाज़ को यकीन था कि राम सिंह चन्द घड़ियों का मेहमान है; फिर भी वायरलेस पर पैग़ाम पहुँचाकर उसने मुसकराकर राम सिंह से कहा : "डॉक्टर आ रहा है...कोई फिक्र न कर...!"

राम सिंह कुछ सोचते हुए बड़ी नहीफ़ आवाज़ में बोला : "फ़िक्र किसी बात की नहीं...अच्छा बता, मेरे कितने जवान मारे हैं तुम लोगों ने?"

रब नवाज़ ने जवाब दिया : "सिर्फ़ एक!"

राम सिंह की आवाज़ और ज़्यादा नहीफ़ हो गयी : "और तेरे कितने जवान मारे गये?"

रब नवाज़ ने मानीख़ेज़ नज़रों से अपने जवानों की तरफ़ देखा : "छह..."

"छह...छह...!" राम सिंह ने अपने दिल में गिना : "जब मैं ज़ख़्मी हुआ तो वह बहुत बददिल हो गये...पर मैंने कहा, खेल जाओ अपनी और दुश्मन की जान से...छह...ठीक है...!" फिर वह माज़ी[28] के धुँधलकों में चला गया : "रब नवाज़...याद हैं वे दिन तुम्हें..."

राम सिंह ने बीते दिन याद करने शुरू कर दिये : "खेत-खलियानों की बातें, स्कूल के किस्से, 6/9 जाट रेजिमेंट की दास्तानें, कमांडिंग अफ़सरों के लतीफ़े और बाहर के मुल्कों में अजनबी औरतों से मुआश्क़े[29]..."

बीते दिनों का ज़िक्र करते हुए राम सिंह को एक बहुत दिलचस्प वाकिआ याद आ गया तो वह हँसने लगा : हँसी आते ही उसके टीस उठी मगर उसने परवाह न की और कहने लगा : "ओए सुअर के नल...याद है तुम्हें वह मैडम..."

रब नवाज़ ने पूछा : "कौन?"

राम सिंह ने कहा : "वह...वह इटली की...क्या नाम रखा था हमने उसका...बड़ी मारख़ोर औरत थी!"

रब नवाज़ को फ़ौरन ही वह औरत याद आ गयी : "हाँ-हाँ...वह मैडम मनीता फ़नीतो...पैसा ख़त्म, तमाशा ख़त्म...पर तुझसे तो कभी-कभी रिआयत कर देती थी मुसोलिनी की बच्ची!"

राम सिंह ज़ोर से हँसा...और उसके ज़ख़्म में से जमे हुए ख़ून का एक लोथड़ा बाहर निकल आया।

रब नवाज़ ने कहा : "राम सिंह, अब तुम ख़ामोश रहो!"

राम सिंह को बहुत तेज़ बुख़ार था; उसका दिमाग़ भी तप रहा था; बोलने की ताक़त बिलकुल नहीं थी, मगर वह बोले जा रहा था; कभी-कभी रुक ज़ाता जैसे देख रहा हो कि टंकी में कितना पेट्रोल बाक़ी है।

कुछ देर के बाद उस पर हज़यानी कैफ़ियत[30] तारी हो गयी—उस दौरान कुछ ऐसे वक़्फ़े भी आये जब उसके होशो-हवास सलामत थे।

इन्हीं वक़्फ़ों में उसने एक मर्तबा रब नवाज़ से सवाल किया : "यारा, सच-सच बता, क्या वाक़ई तुम लोगों को कश्मीर चाहिए?"

रब नवाज़ ने पूरे ख़ुलूस के साथ कहा : "हाँ राम सिंह!"

राम सिंह ने अपना सर हिलाया : "नहीं...मैं नहीं मान सकता... तुम्हें वरग़लाया गया है..."

रब नवाज़ ने यक़ीन दिलाने के अन्दाज़ में कहा : "नहीं, तुम्हें बरग़लाया गया है...क़सम पंजतन पाक की..."

राम सिंह ने रब नवाज़ का हाथ पकड़ लिया : "क़सम न खा यारा. ..ठीक ही होगा..." लेकिन उसका लहजा साफ़ बता रहा था कि उसको रब नवाज़ की क़सम का यक़ीन नहीं है।

दिन ढलने से कुछ देर पहले प्लाटून कमांडर मेजर असलम आया। उसके साथ चन्द सिपाही थे, मगर डॉक्टर साथ नहीं था।

राम सिंह बेहोशी और नज्अ[31] की हालत में कुछ बड़बड़ा रहा था, मगर उसकी आवाज़ इस क़दर कमज़ोर और शिकस्ता[32] थी कि कुछ समझ में नहीं आ रहा था।

मेजर असलम भी 6/9 जाट रेजिमेंट ही का था; वह राम सिंह को बहुत अच्छी तरह से जानता था। रब नवाज़ से सारे हालात दरयाफ़्त करने के बाद उसने राम सिंह को पुकारा : "राम सिंह...राम सिंह...!"

राम सिंह ने आँखें खोल दीं; फिर आँखें फाड़कर उसने एक लहज़े के लिए ग़ौर से मेजर असलम की तरफ़ देखा और लेटे-लेटे अटेंशन हो कर उसने सैल्यूट किया; दूसरे ही लम्हे उसका सैल्यूट करनेवाला अकड़ा हुआ हाथ गिर पड़ा और उसके होंट काँपे : "कुछ नहीं ओए राम सिंया. ..भूल ही गया तू सुअर के नल्ला कि यह लड़ाई...यह लड़ाई..."

राम सिंह अपनी बात पूरी न कर सका; बन्द होती हुई आँखों से उसने रब नवाज़ की तरफ़ नीम सवालिया अन्दाज़ में देखा और सर्द हो गया।

---

1. मोर्चा; 2. इज़्ज़त; 3. ज़िम्मेदारी पूरी करना; 4. कन्धे से कन्धा मिलाकर; 5. मित्र राष्ट्रों; 6. स्थापना; 7. अस्तित्व; 8. विलय; 9. पीढ़ी-दर-पीढ़ी; 10. पुराने सम्बन्ध; 11. दौलत व इज़्ज़त; 12. रात्रि में होने वाला हमला; 13. क़त्ले-आम का हुक्म; 14. सूचित; 15. तुलना में; 16. अध्ययन; 17. रक्षक; 18. अचानक; 19. पेय; 20. जमा देना; 21. पीछे; 22. गधे; 23. शर्मिंदा; 24. निशाना; 25. गगनभेदी; 26. गिरते-पड़ते; 27. जिसका कोई साझेदार न हो (अल्लाह); 28. अतीत; 29. प्रेम-प्रसंग; 30. बेहोशी की हालत में बड़बड़ाहट; 31. प्राणों का अन्त, चन्द्रा; 32. टूटी हुई।

बुर्के

ज़हीर जब थर्ड ईयर में दाख़िल हुआ तो एक दिन उसने महसूस किया कि उसे इश्क़ हो गया है—और इश्क़ भी बहुत अशद किस्म का। जिसमें अक्सर इन्सान अपनी जान से भी हाथ धो बैठता है।

वह कॉलेज से खुश-खुश वापस आया कि थर्ड ईयर में यह उसका पहला दिन था। जूँहि वह अपने घर में दाख़िल होने लगा, उसने एक बुर्क़ा-पोश लड़की देखी जो ताँगे में से उतर रही थी—उसने ताँगे में से उतरती हुई हज़ारहा लड़कियाँ देखी थीं—मगर वह लड़की जिसके हाथ में चन्द किताबें थीं, सीधी उसके दिल में उतर गयी। लड़की ने ताँगे वाले को किराया अदा किया और 'ज़हीर' के साथ वाले मकान में दाख़िल हो गयी। ज़हीर ने सोचना शुरू कर दिया कि इतनी देर वह उसकी मौजूदगी से ग़ाफिल कैसे रहा?

असल में ज़हीर आवारा मनिश नौजवान नहीं था। उसको सिर्फ़ अपनी ज़ात से दिलचस्पी थी। सुबह उठे, कॉलेज गये, लेक्चर सुने, घर वापस आये, खाना खाया, थोड़ी देर आराम किया और आमोख़्ता दोहराने में समरूफ़ हो गये।

यूँ तो कॉलेज में कई लड़कियाँ थीं उसकी हम जमात, मगर ज़हीर ने कभी उनसे बातचीत नहीं की थी। यह नहीं कि वह बड़ा रूखा-फीका इन्सान था। असल में वह हर वक़्त पढ़ाई में मशग़ूल रहता था। मगर उस रोज़ जब उसने लड़की को ताँगे पर से उतरते देखा तो वह पॉलिटिकल साइंस का ताज़ा सबक़ बिलकुल भूल गया। ख़्वाजा हाफ़िज़ के तमाम नये अशआर के मानी उसके ज़ेहन से फिसल गये और वह सिर्फ़ उन हाथों के बारे में सोचने लगा जिनमें किताबें थीं—पतली-पतली सफ़ेद उँगलियाँ—एक उँगली में अँगूठी—दूसरा हाथ जिसने ताँगे वाले को किराया अदा किया वह भी वैसा ही ख़ूबसूरत था।

'ज़हीर' ने उसकी शक्ल देखने की कोशिश की। मगर नक़ाब

इतनी मोटी थी कि उसे कुछ दिखायी न दिया। लड़की तेज़-तेज़ क़दम उठाती उसके साथ वाले मकान में दाख़िल हो गयी और ज़हीर खड़ा देर तक सोचता रहा कि इतना कम फ़ासला होने के बावजूद वह क्यों उसकी मौजूदगी से ग़ाफिल रहा।

अपने घर में जा कर उसने पहला सवाल अपनी माँ से यह किया :"हमारे पड़ोस में कौन रहते हैं?"

उसकी माँ के लिए यह सवाल बहुत ताज्जुब ख़ेज़ था। "क्यों?"

"मैंने ऐसे ही पूछा है।"

उसकी माँ ने कहा : "महाजिर हैं, हमारी तरह।"

ज़हीर ने पूछा : "कौन हैं, क्या करते हैं?"

माँ ने जवाब दिया : "बाप बेचारों का मर चुका है—माँ थी वह उम्र के हाथों माज़ूर थी। अब तीन बहिनें और एक भाई है—भाई सबसे बड़ा है। वही बाप समझो वहीं माँ—बहुत अच्छा लड़का है। उसने अपनी शादी भी इसलिए नहीं की कि इतना बोझ उसके कन्धों पर है?"

'ज़हीर' को तीन बहिनों के इस बोझ से कोई दिलचस्पी नहीं थी जो उनके इकलौते भाई के कन्धों पर था। वह सिर्फ़ उस लड़की के बारे में जानना चाहता था जो हाथ में किताबें लिये साथ वाले घर में दाख़िल हुई थी—यह तो ज़ाहिर था कि वह उन तीन बहिनों में से एक थी।

खाने से फ़ारिग़ हो कर वह पंखे के नीचे लेट गया। उसकी आदत थी कि वह गर्मियों में खाने के बाद एक घण्टे तक ज़रूर सोया करता था। मगर उस रोज़ उसे नींद न आयी—वह उस लड़की के मुताल्लिक़ सोचता रहा, जो उसके पड़ोस में रहती थी।

कई दिन गुज़र गये, मगर मुठभेड़ न हुई। कॉलेज से आकर उसने सैकड़ों बार कोठे पर घण्टों धूप में खड़े रह कर उसकी आमद का इन्तज़ार किया। मगर वह न आयी...'ज़हीर' मायूस हो गया। वह बहुत जल्द मायूस हो जाने वाला आदमी था। उसने सोचा कि यह सब बेकार है। मगर इश्क़ करता था कि यह बेकारी ही सबसे बड़ी चीज़ है। इश्क़ में सबसे पहले आशिक को उस चीज़ से वास्ता पड़ता है। जो घबराया, वह गया।

चुनांचे ज़हीर ने अपने दिल में अह्द कर लिया कि पहाड़ भी टूट पड़े तो वह घबरायेगा नहीं। अपने इश्क़ में साबित क़दम रहेगा।

बहुत दिनों के बाद जब वह साइकिल पर कॉलेज से वापस आ रहा था, उसने अपने आगे एक ताँगा देखा। जिसमें एक बुर्क़ा पोश लड़क़ी बैठी थी। उसका क़यास बिलकुल दुरुस्त निकला। क्योंकि यह

वही लड़की थी...ताँगा रुका...ज़हीर साइकिल पर से उतर पड़ा—लड़की के एक हाथ में किताबें थीं, दूसरे हाथ से उसने ताँगे वाले को किराया अदा किया और चल पड़ी। मगर ताँगे वाला पुकारा : "एक बीबी जी—यह क्या दिया तुमने?"

उसके लहजे में बदतमीज़ी थी—लड़की रुकी, पलटकर उसने ताँगे वाले को अपने बुर्क़े की नक़ाब में से देखा : "क्यों क्या बात है?"

ताँगे वाला नीचे उतर आया और हथेली पर अठन्नी दिखा कर कहने लगा : "यह आठ आने नहीं चलेंगे।"

लड़की ने महीन लरज़ाँ आवाज़ में कहा : "मैं हमेशा आठ आने ही दिया करती हूँ।"

ताँगे वाला बड़ा वाहियात किस्म का आदमी था, बोला : "वह आपसे रिआयत करते होगे—मगर—"

यह सुन कर ज़हीर को तैश आ गया। साइकिल छोड़ कर आगे बढ़ा आओ देखा न ताव—एक मुक्का ताँगे वाले की ठोढ़ी के नीचे जमा दिया। वह अभी सँभला भी नहीं था कि एक और उसकी दाहिनी कनपटी पर—इस ज़ोर का कि वह बिलबिला उठा।

इसके बाद ज़हीर उस लड़की से जो ज़ाहिर है कि घबरा गयी थी, मुख़ातिब हुआ : "आप तशरीफ़ ले जाइये, मैं इस हरामज़ादे से निबट लूँगा।"

लड़की ने कुछ कहना चाहा, शायद शुक्रिये के अल्फ़ाज़ थे जो उसकी ज़बान की नोक पर आ कर वापस चले गये—वह चली गयी—दस क़दम ही तो थे, मगर ज़हीर को पूरे बीस मिनट उस ताँगे वाले से निबटने में लगे। वह बड़ा ही लीचड़ क़िस्म का ताँगेवाला था।

ज़हीर बहुत खुश था कि उसने अपनी महबूबा के सामने बड़ी बहादुरी का मज़ाहरा किया। उसने ताँगे वाले को ख़ूब पीटा था और उसने यह भी देखा था कि वह बुर्क़ा-पोश लड़की अपने घर से चिक़ लगी खिड़की के पीछे से उसको देख रही है। यह देख कर ज़हीर ने दो घूँसे और उस कोचवान की ठोढ़ी के नीचे जमा दिये थे।

इसके बाद ज़हीर सिर से पैर तक उस बुर्क़ा पोश की मुहब्बत में गिरफ़्तार हो गया। उसने अपनी वालिदा से मज़ीद पूछताछ की तो उसे मालूम हुआ कि उस लड़की का नाम 'यासमीन' है। तीन बहिनें हैं। बाप उनका मर चुका है, माँ ज़िन्दा है। मामूली सी जायदाद है जिसके किराये पर उन सबका गुज़ारा हो रहा है।

'ज़हीर' को अब अपनी माशूक़ा का नाम मालूम हो चुका था।

चुनांचे उसने यासमीन के नाम कई ख़त कॉलेज में बैठकर लिखे, मगर फाड़ डाले। लेकिन एक रोज़ उसने एक तवील ख़त लिखा और तहय्या कर लिया कि वह उस तक ज़रूर पहुँचा देगा।

बहुत दिनों के बाद जबकि ज़हीर साइकिल पर कॉलेज से वापस आ रहा था उसने 'यासमीन' को ताँगे में देखा। वह उतर कर जा रही थी। लपक कर वह आगे बढ़ा जेब से ख़त निकाला और हिम्मत व जुर्रत से काम ले कर उसने काग़ज़ उसकी तरफ़ बढ़ा दिये—"यह आपके कुछ काग़ज़ ताँगे में रह गये थे।"

यासमीन ने वह काग़ज़ ले लिये...नक़ाब का कपड़ा सरसराया—"शुक्रिया।"

यह कहकर वह चली गयी। ज़हीर ने इत्मिनान का साँस लिया। लेकिन उसका दिल धक-धक कर रहा था। इसलिए कि उसे मालूम नहीं था कि उसके ख़त का क्या हस्र होने वाला है। वह अभी उस ख़त के बारे में सोच ही रहा था कि एक और ताँगा उसकी साइकिल के पास रुका। उसमें से एक बुर्क़ा-पोश लड़की उतरी—उसने ताँगे वाले को किराया अदा किया। यह हाथ जिससे किराया अदा किया गया था वैसा ही था जैसा उस लड़की का था, जिसको पहली बार ज़हीर ने देखा था।

किराया अदा करने के बाद यह लड़की उस मकान में चली गयी जहाँ यासमीन गयी थी—'ज़हीर' सोचता रह गया, लेकिन उसको मालूम था कि तीन बहिनें हैं। हो सकता था कि यह लड़की यासमीन की छोटी बहिन हो।

ख़त दे कर ज़हीर ने यह समझा था कि आधा मैदान मार लिया है—पर जब दूसरे रोज़ उसे कॉलेज जाते वक़्त एक छोटे से लड़के ने काग़ज़ का एक पुर्जा दिया तो उसे यक़ीन हो गया कि पूरा मैदान मार लिया गया है। लिखा था :—"आपका मुहब्बत नामा मिला—जिन जज़बात का इज़हार आपने किया है, उसके मुताल्लिक मैं आपसे क्या कहूँ...मैं...मैं...मैं इससे आगे कुछ नहीं कह सकती—मुझे अपनी लौंडी समझिये।"

यह रुक्का पढ़कर ज़हीर की बाछें खिल गयीं—कॉलेज में कोई पीरियड अटेंड न किया। बस सारा वक़्त बाग़ में घूमता और उस परचे को पढ़ता रहा।

दो दिन गुज़र गये, मगर यासमीन से ज़हीर की मुठभेड़ न हुई। उसको बहुत कोफ़्त हो रही थी, इसलिए कि उसने एक लम्बा-चौड़ा मुहब्बत भरा ख़त लिख रखा था और वह चाहता था कि जल्द से जल्द

उस तक पहुँचा दे।

तीसरे रोज़ आख़िरकार वह ज़हीर को ताँगे में नज़र आयी। जब वह किराया अदा कर रही थी, साइकिल एक तरफ़ गिराकर वह आगे बढ़ा और यासमीन का हाथ पकड़ लिया : "हुज़ूर! यह आपके चन्द काग़ज़ात ताँगे में रह गये थे।"

यासमीन ने एक झटके–गुस्से से भरे हुए झटके के साथ अपना हाथ छुड़ाया और तेज़ लहजे में कहा :

"बदतमीज़ कहीं के–शर्म नहीं आती तुम्हें?"

यह कहकर वह चली गयी–और ज़हीर के मुहब्बत भरे ख़त के काग़ज़ सड़क पर फड़फड़ाने लगे। वह सख़्त हैरतज़दा था कि वह लड़की जिसने यह कहा था कि मुझे अपनी लौंडी समझिये, इतनी रऊनत से क्यों पेश आयी है, लेकिन फिर उसने सोचा कि शायद यह भी अन्दाज़-ए-दिलरूबाना है।

दिन गुज़रते गये, मगर ज़हर के दिल-ओ-दिमाग़ में यासमीन के यह अल्फ़ाज हर वक़्त गूँजते रहते थे : "बदतमीज़ कहीं के–शर्म नहीं आती तुम्हें"–लेकिन इसके साथ ही उसे उस ख़त के अल्फाज़ याद आते जिसमें यह लिखा था–"मुझे अपनी लौंडी समझिये।"

'ज़हीर' ने इस दौरान में कई ख़त लिखे और फाड़ दिये। वह चाहता था कि मुनासिब-ओ-मौजूं अल्फ़ाज़ में यासमीन से कहे कि उसने बदतमीज़ कहकर उसकी और उसकी मुहब्बत की तौहीन की है। मगर उसे ऐसे अल्फ़ाज़ नहीं मिलते थे। वह ख़त लिखता था मगर जब उसे पढ़ता तो उसे महसूस होता कि वह ग़ैर मामूली तौर पर दुरुस्त है।

एक दिन जबकि वह बाहर सड़क पर अपनी साइकिल के अगले पहिये में हवा भर रहा था एक लड़का आया और उसके हाथ में एक लिफ़ाफ़ा दे कर भाग गया। हवा भरने का पम्प एक तरफ़ रख कर उसने लिफ़ाफ़ा खोला, एक छोटा-सा रुक्का था जिसमें ये चन्द सतरें लिखी थीं–

"आप इतनी जल्दी मुझे भूल गये–मुहब्बत के इतने बड़े दावे करने की ज़रूरत ही क्या थी...ख़ैर...आप भूल जायें तो भूल जायें–आपकी यह कनीज़ आपको कभी नहीं भूल सकती।"

ज़हीर चकरा गया–उसने यह रुक्का बार-बार पढ़ा–सामने देखा तो यासमीन ताँगे में सवार हो रही थी। साइकिल वहीं लिटा कर वह उसकी तरफ़ भागा। ताँगा चलने ही वाला था कि उसने पास पहुँच कर यासमीन से कहा–

"तुम्हारा रुक्का मिला—ख़ुदा के लिए तुम अपने को कनीज़ और लौंडी न कहा करो मुझे बहुत दुख होता है।"

यासमीन के बुर्के की नक़ाब उछली। बड़े गुस्से से उसने ज़हीर से कहा : "बदतमीज़ कहीं के—तुम्हें शर्म नहीं आती—मैं आज ही तुम्हारी माँ से कहूँगी कि तुम मुझे छेड़ते हो।"

ताँगा चल ही रहा था—थोड़ी देर में निगाहों से ओझल हो गया—ज़हीर रुक्का हाथ में पकड़े सोचता रह गया कि यह मामला क्या है? मगर फिर उसे ख़याल आया कि माशूकों का रवैया कुछ इस किस्म का होता है। वह सर-ए-बाज़ार इस किस्म के मज़ाहरों को पसन्द नहीं करते। ख़त-ओ-किताबत के ज़रिये ही से कि यह एक ख़ामोश तरीक़ा है सारी बातें तय हो जाया करती हैं।

चुनांचे उसने दूसरे रोज़ एक तवील ख़त लिखा और जब वह कॉलेज से वापस आ रहा था, ताँगे में यासमीन को देखा। वह उतर कर किराया अदा कर चुकी थी और घर की जानिब जा रही थी कि उसने अपनी साइकिल उसके बिलकुल क़रीब रोकी और अपना लम्बा ख़त उसके हाथ में दे दिया।—उसने कोई एतराज़ नहीं किया। एक नज़र उसने अपने बुर्क़े की नकाब में से 'ज़हीर' क़ी तरफ़ देखा और चली गयी।

ज़हीर ने महसूस किया था कि वह अपनी नक़ाब के अन्दर मुस्करा रही थी—और यह बड़ी हौसला-अफ़ज़ा बात थी—चुनांचे दूसरे रोज़ सुबह जब वह साइकिल निकाल कर कॉलेज जाने की तैयारी कर रहा था, उसने यासमीन को देखा। शायद वह ताँगे वाले का इन्तज़ार कर रही थी...दाहिने हाथ में किताबें पकड़े थी। बायाँ हाथ झूल रहा था।

मैदान ख़ाली था—यानी उस वक़्त बाज़ार में आमद-ओ-रफ़्त न थी। ज़हीर ने मौक़ा ग़नीमत समझा जुर्रत से काम ले कर उसके पास पहुँचा और उसका हाथ जो कि झूल रहा था, पकड़ लिया और बड़े रोमानी अन्दाज़ में उससे कहा : "तुम भी बड़ी अजीब लड़की हो—ख़तों में मुहब्बत का इज़हार करती हो और बात करें तो गालियाँ देती हो।"

ज़हीर ने बमुश्किल ये अल्फ़ाज़ ख़त्म किये होंगे कि यासमीन ने अपनी सैंडल उतार कर उसके सिर पर धड़ाधड़ मारना शुरू कर दी—ज़हीर बौखला गया—यासमीन ने उसको बेशुमार गालियाँ दीं। मगर वह बौखलाहट की वजह से सुन न सका। इस ख़याल से कि कोई देख न ले, वह फ़ौरन अपने घर की तरफ़ पलटा। साइकिल उठायी और क़रीब था कि अपनी किताबें वग़ैरा स्टैंड के साथ जमा कर कॉलेज का रुख़ करे कि

ताँगा आया, यासमीन उसमें बैठी और चली गयी। ज़हीर ने इत्मिनान का साँस लिया। इतने में एक और बुर्क़ा-पोश लड़की नमूदार हुई, उसी घर में से जिसमें से यासमीन निकली थी–उसने ज़हीर की तरफ़ देखा और उसको हाथ से इशारा किया–मगर ज़हीर डरा हुआ था–जब लड़की ने देखा कि ज़हीर ने उसका इशारा नहीं समझा तो वह उससे क़रीब हो के गुज़री और एक ख़त गिरा कर चली गयी।

ज़हीर ने काग़ज़ का वह पुर्ज़ा उठाया, उस पर लिखा था–

"तुम कब तक मुझे यूँ ही बेवक़ूफ़ बनाते रहोगे?–तुम्हारी माँ मेरी माँ से क्यों नहीं मिलतीं–आज प्लाज़ा सिनेमा पर मिलो।"

पहला शो...तीन बजे...परवीन!

शग़ल

(मैक्सिम गोर्की की याद में)

यह उन दिनों की बात है, जब हम बरसात में सड़कें साफ़ करके अपना पेट पाल रहे थे।

हम में से कुछ किसान थे और कुछ मज़दूर पेशा। चूँकि पहाड़ी देहातों में रुपये का मुँह देखना बहुत कम नसीब होता है, इसलिए हम सब खुशी-खुशी छह आने रोज़ाना पर सारा दिन उन पत्थरों को हटाते रहते थे, जो बारिशों के ज़ोर से साथ वाली पहाड़ियों से लुढ़क कर सड़क पर आ गिरते थे। पत्थरों को सड़क पर से हटाना तो ख़ैर एक मामूली बात थी, हम तो उस मेहनताने पर उन पहाड़ियों को हटाने पर भी तैयार थे, जो हमारे चारों ओर काले डरावने देवों की तरह अकड़ी खड़ी थीं। दरअसल हमारे बाज़ू सख़्त-से-सख़्त मशक्क़त के आदी थे, इसलिए यह काम हमारे लिए बिलकुल मामूली था। अलबत्ता जब कभी हमें सड़क को चौड़ा करने के लिए पत्थर काटने होते तो रात को हमें बहुत थकान महसूस होती थी। पट्ठे अकड़ जाते और सुबह जागते समय ऐसा महसूस होता कि वे तमाम पत्थर जिन्हें हम पिछले दिन काटते और फोड़ते रहे हैं, हमारे जिस्मों पर अपना बोझ डाले हुए हैं। मगर ऐसा कभी-कभी होता था।

हमारा काम हर रोज़ सुबह सात बजे शुरू होता था जब उगते हुए सूरज की सुनहरी किरण चीड़ के लम्बे-लम्बे पेड़ों से छन-छन कर हमारे पास वाले नाले के क्रोध-भरे पानी से अठखेलियाँ कर रही होतीं और आस-पास की झाड़ियों में नन्हीं-नन्हीं चिड़ियाँ अपने गले फुला-फुला कर चीख़ रही होतीं। यूँ कहिए कि हम कुदरत को उसके सपने से जागता देखते थे। सुबह की हल्की-फुल्की हवा में ओस से भीगी हरी-हरी झाड़ियों की प्यारी-प्यारी सरसराहट, नाले में कंकड़ों से खेलते हुए झाग-भरे पानी का शोर और बरसात के पानी में भीगी हुई मिट्टी की

भीनी-भीनी खुशबू—ये कुछ ऐसी चीज़ें थीं, जो हमारे पत्थर-जैसे सीनों में एक ऐसी कोमलता पैदा कर देती थीं, जो ज़िन्दगी के उस नरक में हमें स्वर्ग के सपने दिखाने लगती।

हमें हर रोज़ बारह घण्टे काम करना पड़ता था। सारा दिन हम सड़क की नालियों और पत्थरों को साफ़ करते रहते थे। यह काम दिलचस्प न था, मगर हमने उसकी खुशगवार एकरसता को दूर करने के लिए एक तरीका ईजाद कर लिया था। जब हम सब उस पहाड़ी के नीचे जमा मलबे को अपने बेलचों से हटा रहे होते, जिसके कंकड़ हर वक़्त सड़क पर गिरते रहते थे तो हम एक सुर में कोई पहाड़ी गीत शुरू कर देते। मलबे के पत्थरों से टकरा कर हमारे बेलचों की झंकार उस गीत की ताल का काम देती थी। यह गीत उस उदासी को दूर कर देती, जो इस बेरस काम करने से हमारे दिलों में पैदा हो जाती है। जब तक उसके सुर हमारी चौड़ी छातियों में से निकलते रहते, हम महसूस तक न करते कि इस दौरान में हमने मलबे के एक बहुत बड़े ढेर को साफ़ कर लिया है।

मोटर लारियों की आवा-जाई से भी हमारा दिल बहला रहता था, जो रंग-बिरंगे मुसाफ़िरों को कश्मीर से वापस या कश्मीर की तरफ़ ले जाती रहती थीं। जब कभी कोई लारी हमारे पास से गुज़रती तो हम कुछ अर्से के लिए अपनी झुकी हुई कमर सीधी करके सड़क के एक तरफ़ खड़े हो जाते और ज़मीन पर अपने बेलचे टेक कर उसको सामने वाली मोटर के पीठ-पीछे गुम होते देखते रहते। उन लारियों को इतनी दूर तक देखते रहने का मक़सद यह था कि हम थोड़ा सुस्ता लें। मगर बाज़ वक़्त उन लारियों की शानदार असबाब से लदी हुई छतें और उनकी खिड़कियों से मुसाफ़िरों के लहराते हुए रेशमी कपड़ों की झलक हमारे दिलों में एक नाक़ाबिले-बयान कड़वाहट पैदा कर देती थी और हम अपने आपको उन पत्थरों की तरह फ़िजूल और नाकारा समझने लगते थे, जिनको हमारे बेलचों के धक्के इधर-उधर पटकते रहते थे। उन मुसाफ़िरों के तरह-तरह के लिबास देख कर, जिन पर यकीनन बहुत-से रुपये ख़र्च किये गये होंगे, हम अनायास अपने कपड़ों की तरफ़ देखना शुरू कर देते थे।

हम में से अक्सर का लिबास था—पट्टू का तंग पायजामा गाढ़े की कमीज़ और लुधियाने की सदरी। सब के पायजामे या तो घुटनों पर से घिस-घिस कर इतने बारीक हो गये थे कि उनमें से जिस्म के बालों की पूरी नुमायश होती थी या बिलकुल फटे हुए थे। क़मीज़ों और सदरियों

की भी यही हालत थी। उन पर जगह-जगह अलग-अलग रंग के पैबन्द लगे हुए थे। क़रीब-क़रीब हम सब की क़मीज़ों के बटन गायब थे। इसलिए सीने आम तौर पर खुले रहते थे और काम करते वक़्त उन पर पसीने की बूँदें साफ़ नज़र आ सकती थीं।

बारह बजे के क़रीब हम काम छोड़ कर खाना खाने के लिए सड़क के नीचे उतर कर पेड़ के साये-तले बैठ जाते थे। यह खाना हम सुबह कपड़े में बाँध कर अपने साथ लाते थे। तीन ढोडे (मकई की रोटियाँ) और आम तौर पर सरसों का साग होता था। जिसको हम अपने भूखे पेट में डालते थे। खाने के बाद हम पानी अमूमन नाले से पिया करते थे और जिस रोज़ ज़्यादा बारिश होने की वजह से उसका पानी ज़्यादा गँदला हो जाये तो हम दूर सड़क के उस पार चले जाया करते थे, जहाँ साफ़ पानी का एक चश्मा फूटता है।

खाने से फ़ारिग़ हो कर हम फ़ौरन काम शुरू कर दिया करते थे, हालाँकि हमारा जी चाहता था कि नर्म-नर्म घास पर लेट कर थोड़ी देर सुस्ता लें और फिर काम शुरू करें। मगर ऐसा क्यों कर हो सकता था, जबकि हमें हर वक़्त इस बात का ख़याल रहता था कि पूरा काम किये बग़ैर मज़दूरी नहीं मिलेगी।

हमारा मक़सद काम करना और इस हीले से अपना पेट पालना था और चूँकि हमें मालूम था कि हम में से किसी ने अगर अपने काम में ज़रा-सी सुस्ती या बेदिली दिखायी तो उसे ताश की गड्डी से नाकारा जोकर की तरह बाहर निकाल कर फेंक दिया जायेगा। इसलिए हम दिल लगा कर काम किया करते थे ताकि हमारे अफ़सरों को शिकायत का मौका न मिले। इसका यह मतलब नहीं कि हमारे अफ़सर हम पर बहुत खुश थे। यह क्यों कर हो सकता है। वे बड़े आदमी ठहरे। इसलिए उनका सही या ग़लत तौर पर ख़फ़ा होना भी दुरुस्त होता है। कभी-कभी ये लोग ऐसे ही हमारे काम का मुआयना करते अपना असन्तोष प्रकट करते हुए हम पर बरस पड़ते थे। लेकिन हम, जो उनकी बड़ाई को बख़ूबी समझते थे, 'महाराज, महाराज' कह कर उनके गुस्से को ठण्डा कर दिया करते थे। हम जानते थे कि उनका गुस्सा बेज़ा है, लेकिन यह एहसास हमारे दिलों में नफ़रत के जज़्बात पैदा नहीं करता था। शायद इसलिए कि झुक-झुक कर सलाम करने की आदत ने हमको बिलकुल मुर्दा बना रखा है या फिर इसकी वजह यह भी हो सकती है कि हम को बराबर यह डर लगा रहता था कि अगर हम अपने मौजूदा काम से हटा दिये गये तो हमारी रोज़ी बन्द हो

जायेगी।

हम अपने काम से संतुष्ट थे और यही वजह है कि हम थोड़ी मज़दूरी और ज़्यादा काम के मसले पर बहुत कम ग़ौर किया करते थे। इसकी ज़रूरत भी क्या है। इसलिए कि यह काम पढ़े-लिखे आदमियों का है। हम बिलकुल अनपढ़ और जाहिल थे। दरअसल बात यह है कि हमारी दुनिया बिलकुल अलग-थलग थी, जिसकी सरहदें पत्थर तोड़ने या उनको हटाने, बारह बजे रोटी खाने और फिर काम करने, उसके बाद अपने-अपने डेरों में सो जाने तक ख़त्म हो जाती थीं। हमें उन सीमाओं के बाहर किसी चीज़ से कोई सरोकार न था। दूसरे शब्दों में अपना और अपने घरवालों का पेट पालने के धन्धे में हम कुछ ऐसी बुरी तरह फँस कर रह गये थे कि उसके बाहर निकल कर हम किसी और चीज़ की इच्छा करना ही भूल गये थे।

हमारे काम पर सड़कों के महकमे की तरफ़ से एक जाँच-पड़ताल करने वाला तैनात था, जो दिन का अधिकतर हिस्सा सड़क के एक तरफ़ चारपाई बिछा कर बैठे रहने में गुज़ार देता। यह ज़ात का पंडित था। ऊँचे तबके का ख़ास निशान सिन्दूर के तिलक की सूरत में हर वक़्त उसके गोरे माथे पर चमकता रहता था। हम अपने निरीक्षक को आदर और सम्मान की निगाहों से देखते थे। एक तो इसलिए कि वह ब्राह्मण था और दूसरे इसलिए कि हम उसके मातहत थे। चुनाँचे इधर-उधर के दूसरे कामों के अलावा हम बारी-बारी दिन में कई बार उसके पीने के लिए हुक्का ताज़ा किया करते थे और आग सुलगा कर उसकी चिलमें भरा करते थे।

पंडित का काम सिर्फ़ यह था कि सुबह चारपाई पर अपने गेरुए रंग की कलफ़ लगी पगड़ी और रेशमी कोट उतार कर अपने गंजे सिर पर हाथ फेरते हुए हमारी हाज़िरी लगाये और फिर एक बड़े-से रजिस्टर में कुछ दर्ज करने के बाद इधर-उधर टहलता रहे या हुक्का पीता रहे। वह अपने काम में बहुत कम दिलचस्पी लेता था। अलबत्ता जब कभी मुआयने के लिए किसी अफ़सर की मोटर उधर से गुज़रने वाली होती तो वह अपनी चारपाई उठवा कर हमारे पास खड़ा हो जाया करता था। उसकी इस चालाकी पर हम दिल-ही-दिल में बहुत हँसा करते थे।

एक रोज़, जबकि सुबह से हल्की-हल्की फुहार पड़ रही थी और हम बारह बजे खाने से फ़ारिग़ हो कर रोज़ की तरह अपने काम में मशग़ूल थे, मोटर के हॉर्न ने हमें चौंका दिया। लारियों की बनिस्बत हम मोटरों के देखने के बहुत इच्छुक थे। इसलिए कि उनमें हमारी भूखी

नज़रों के देखने के लिए अजीबो-ग़रीब चीजें नज़र आती थीं—हम कमर सीधी करके खड़े हो गये। इतने में मोटर के पीछे से हरे रंग की एक छोटी मोटर नमूदार हुई। जब ये हमारे क़रीब पहुँची तो हमने देखा कि उसकी बॉडी बारिश के नन्हे-नन्हे क़तरों के नीचे चमक रही है। बहुत आहिस्ता-आहिस्ता चल रही थी। शायद इसलिए कि पिछली सीट पर जो दो साहब बैठे हुए थे। उनमें एक अपनी रानों पर ग्रामोफ़ोन रखे बजा रहे थे। जब ये मोटर हमारे मुक़ाबिल आयी तो रिकार्ड की आवाज़ सड़क की साथ वाली पहाड़ी के पत्थरों से टकरा कर फ़जा में गूँजी। कोई गा रहा था—

न मैं किसी का, न कोई मेरा छाया चारों ओर अँधेरा

अब कुछ सूझत नाहीं मोहे, अब कुछ...

आवाज़ में बेहद दर्द था। एक लम्हें के लिए ऐसा मालूम हुआ कि हम शायद बहर-ए-ज़ुल्मात में डूब गये हैं। जब मोटर अपनी नीम वा खिड़कियों से उस गीत के दर्दनाक सुर बिखेरती हुई हमारी नज़रों से ओझल हो गयी तो हम सब ने एक आह भर कर अपना काम शुरू कर दिया।

शाम के क़रीब जब सूरज की सुर्ख़ और गर्म टिकिया पिघले हुए ताँबे का रंग इख़्तियार करके एक स्याह पहाड़ी के पीछे छुप रही थी और उसकी उनाबी किरणें दराज क़द दरख़्तों की चोटियों से खेल रही थीं। सब्ज़ रंग की वही मोटर उस तरफ़ से वापस आती दिखायी दी, जिधर वो दोपहर को गयी थी। ज़ब हमने उसने हॉर्न की आवाज सुनी तो काम छोड़ कर उसको देखने लगे। आहिस्ता-आहिस्ता चलती हुई वो हमारे आगे से गुज़र गयी और फिर दफ़अतन हमसे आधी ज़रीब के फ़ासले पर खड़ी हो गयी। वह बाजा जो उसमें बज रहा था ख़ामोश हो गया।

थोड़ी देर के बाद पिछली सीट से एक नौजवान दरवाज़ा खोलकर बाहर निकला और अपनी पतलून को कमर पर से दुरुस्त करता हुआ हमारे पास से गुज़रा और आहिस्ता-आहिस्ता उस पुल की तरफ़ रवाना हो गया, जो सामने नाले पर बँधा हुआ था। यह ख़्याल करके कि वह नाले के पानी का नज़ारा करने के लिए गया है। जैसा कि आम तौर पर उधर से गुज़रने वाले मुसाफ़िर किया करते थे। हम अपने काम में मसरूफ़ हो गये।

अभी हमें अपना काम शुरू किये पाँच मिनट से ज़्यादा अर्सा गुज़रा होगा कि पुल की तरफ़ से ताली की आवाज़ बुलन्द हुई। हमने मुड़कर

देखा, पतलून-पोश नौजवान पुल पर से सड़क के साथ पत्थरों से चुनी हुई दीवार के पास खड़ा ग़ालिबन मोटर में अपने साथियों को मुतवज्जा कर रहा था। संगीन मुंडेर पर उस नौजवान से कुछ दूर एक लड़की बैठी हुई थी।

हम में से एक ने अपने बेलचे को ज़ोर से मोरी की गीली मिट्टी में गाड़ते हुए कहा—"ये राम दई है।"

कालू ने, जो उसके पास खड़ा था, दरियाफ़्त किया, "राम दई?"

"सन्तू चमार की लड़की और कौन?"—उसके लहज़े में बेलचे के लोहे ऐसी सख़्ती थी।

हम बाक़ी चार हैरान थे कि इस गुफ़्तगू का मतलब क्या है। अगर वह लड़की जो मुंडेर पर बैठी है सन्तू चमार की लड़की है तो कौन सी अहम बात है कि हमारा साथी इस क़दर तेज़ बोल रहा है। हम ग़ौर कर रहे थे कि 'फ़ज़ल' ने जो हम से उम्र में बड़ा था और नमाज़-रोज़े का बहुत पाबन्द था। अपनी दाढ़ी को खुजलाते हुए निहायत ही मुफ़क्किराना लहज़े में कहा—

"दुनिया में एक अँधेर मचा है—ख़ुदा मालूम लोगों को क्या हो गया है?"

ये सुन कर हम बाक़ी तीन असल मामले से आगाह हो कर सब कुछ समझ गये और उस एहसास ने हमारे दिलों पर ग़म और गुस्से की एक अजीब-ओ-ग़रीब कैफ़ियत तारी कर दी।

ताली की आवाज़ सुन कर मोटर की पिछली नशिस्त से पतलून पोश के साथी ने अपना सिर बाहर निकाला और यह देख कर कि उसका दोस्त उसे बुला रहा है। दरवाज़ा खोलकर बाहर निकला और हमारे क़रीब से गुज़रता हुआ पुल की जानिब रवाना हो गया—हम बेवकूफ बकरियों की तरह उसे अपने दोस्त के पास जाता देखते रहे।

जब पतलून पोश नौजवान का दोस्त उसके पास पहुँच गया तो वे दोनों लड़की की तरफ़ बढ़े और उससे बातें करना शुरू कर दीं। यह देख कर कालू पेच-ओ-ताव खा कर रह गया और ख़श्म आलूद लहज़े में बोला—

"बदमाश...।"

फ़ज़ल ने सर्द आह भरी और मग़भूम लहज़े में कहने लगा—"जब से यह सड़क बनी है और ऐसे बाबुओं की आमद-ओ-रफ़्त ज़्यादा हो गयी है। यहाँ के तमाम एलाकों में गन्दगी फैल गयी है। लोग कहते हैं कि यह सड़क बनने से बहुत आराम हो गया है। होगा, अगर इस

किस्म के बेशर्मी के नज़ारे पहले कभी देखने में न आते थे—ख़ुदा बचायें।"

इस दौरान में पतलून-पोश के साथी ने लड़की को बाज़ू से पकड़ लिया और ग़ालिबन उसको उठकर चलने के लिए कहा, मगर वह अपनी जगह पर बैठी रही। ये देख कर 'कालू' से न रहा गया और उसने राम प्रसाद से कहा, "आओ, ये लोग तो अब दस्त दराज़ी कर रहे हैं।"

'कालू' ये कहकर अकेला ही उस जानिब बढ़ने को था कि हमने उसे रोक दिया और यह मशविरा दिया कि तमाम मामला पंडित के गोश-गुज़ार कर दिया जाये जो चारपाई पर सो रहा है और फिर जो वह कहे उस पर अमल किया जाये। इस तजवीज़ को माकूल ख़याल करके हम सब पंडित के पास गये और उसे जगा कर सारा किस्सा सुना दिया। उसने हमारी गुफ़्तगू को बड़ी बेपरवाही से सुना। जैसे कोई बात ही नहीं और उन दोनों नौजवानों की तरफ़ देख कर जो अब राम दई को ख़ुदा मालूम किस तरीके से मना कर ला रहे थे कहा—

"जाओ तुम अपना काम करो। मैं उनसे ख़ुद दरियाफ़्त कर लूँगा।"

ये जवाब सुन कर हम बेचारगी की हालत में अपने काम पर आ गये। लेकिन हम सब की निगाहें राम दई और उन दोनों नौजवानों पर जमी हुई थीं जो अब पुल तय करके पंडित की चारपाई के क़रीब पहुँच रहे थे। लड़के आगे थे और राम दई थकी हुई घोड़ी की तरह पीछे-पीछे चल रही थी। जब वे सब पंडित के आगे से गुज़रने लगे तो वह चारपाई पर से उठा—दो, तीन मिनट तक उनसे कुछ बातें करने के बाद वह भी उनके साथ हो लिया।

जब पंडित राम दई और वे दोनों हमारे पास से गुज़रे तो हमने देखा कि नौजवानों के चेहरों पर एक हैवानी झलक नाच रही है और पंडित बड़े अदब से उनके साथ-साथ चल रहा है। राम दई की निगाहें झुकी हुई थीं।

मोटर के पास पहुँचकर पंडित ने आगे बढ़कर उसका दरवाज़ा खोला। पहले पतलून-पोश फिर राम दई और उसके बाद दूसरा नौजवान मोटर में दाख़िल हो गये। हमारे देखते-देखते मोटर चली और नज़रों से ओझल हो गयी और हम आँखें झपकते रह गये।

"शैतान मरदूद।" कालू ने बड़े इज़्तिराब से ये दो लफ़्ज़ अदा किये।

इतने में पंडित आ गया और हमको मुज़तरिब देख कर एक

मसनूई आवाज़ में कहने लगा। "मैंने उनसे दरियाफ़्त किया है। कोई बात नहीं, वो लड़की को ज़रा मोटर की सैर कराना चाहते थे। इंस्पेक्टर साहब के मेहमान हैं और डाक-बंगले में ठहरे हुए हैं। थोड़ी दूर ले जा कर उसे छोड़ देंगे—अमीर आदमी हैं। उनके शग़ल इसी किस्म के होते हैं।"

ये कहकर पंडित चला गया।

हम देर तक ख़ुदा मालूम किन गहराइयों में ग़र्क रहे कि दफ़अतन फ़ज़ल की आवाज़ ने हमें चौंका दिया। दो मर्तबा ज़ोर से थूक कर उसने अपने हाथों को गीला किया और बेलचे को संगरेज़ों के ढेर में गाड़ते हुए कहा, "अगर अमीर आदमियों के यही शग़ल हैं तो ग़रीबों की बहू-बेटियों का अल्लाह बेली है!"

फाहा

गोपाल की रान पर जब ये बड़ा फोड़ा निकला तो उसके औसान ख़ता हो गये।

गर्मियों का मौसम था। आम ख़ूब हुए थे। बाज़ारों में, गलियों में, दुकानदारों के पास, फेरी वालों के पास, जिधर देखो आम-ही-आम नज़र आते। लाल, पीले, सब्ज़ रंगों-रंग के...सब्ज़ी मण्डी में लाखों के हिसाब से हर किस्म के आम आते थे और निहायत सस्ते दामों पर फरोख़्त हो रहे थे। यूँ समझिये कि पिछले बरस की कसर पूरी हो रही थी।

स्कूल के बाहर छोटू राम फल-फ़रोश से गोपाल ने एक रोज़ ख़ूब जी भर के आम खाये और जेब में से एक महीने के बचाये हुए जितने पैसे जमा थे सब-के-सब उन आमों पर ख़र्च कर दिये। जिनके गूदे और रस में शहद घुला हुआ था।

उस रोज़ छुट्टी के वक़्त आम खाने के बाद उँगलियाँ चाटते हुए गोपाल को स्कूल के हलवाई से दूध की लस्सी पीने का ख़याल आया था और उस ख़याल को अमली जामा पहनाने की ख़ातिर उसने गंडा राम हलवाई से पाव भर दूध की लस्सी बनाने को कहा भी था। मगर हलवाई ने ये कहकर इनकार कर दिया था–"बाबू गोपाल, पहला हिसाब चुका दो तो और उधार दूँगा, वरना नहीं।"

गोपाल ने अगर आम न खाये होते या अगर उसकी जेब में थोड़े बहुत पैसे होते तो वह वहीं खड़े-खड़े गंडा राम का हिसाब चुका देता और कुछ नहीं तो नक़द दाम देकर लस्सी का वो गिलास ले लेता। जिसमें बर्फ़ का टुकड़ा डुबकियाँ लगा रहा था और जिसे हलवाई ने बुरा सा मुँह बनाकर अपने पीछे लोहे के थाल पर रख दिया था। मगर गोपाल कुछ भी न कर सका और उसका नतीजा ये हुआ कि चौथे रोज़ उसकी रान पर यह बड़ा सा फोड़ा निकल आया और तीन-चार रोज़ तक उभरता रहा।

गोपाल के औसान ख़ता हो गये। उसकी समझ में न आता था कि क्या करे? वह फोड़े से इतना परेशान नहीं था जितना उसके दर्द से—और सबसे बड़ी मुसीबत यह थी कि फोड़ा दिन-ब-दिन लाल होता चला जा रहा था और उसके मुँह पर बदन की झिल्ली फटना शुरू हो गयी थी। बाज़ अवक़ात गोपाल को यह मालूम होता कि फोड़े के अन्दर कोई हंडिया उबल रही है और उसके अन्दर सब कुछ एक उबाल में निकलना चाहता है। ये चीज़ उसे बहुत परेशान कर रही थी और फोड़े की जसामत देख कर एक मर्तबा तो ऐसा मालूम हुआ था कि उसकी जेब में से काँच की गोली निकल कर उसकी रान में घुस गयी है।

गोपाल ने घर में फोड़े की बाबत किसी से ज़िक्र न किया। वह जानता था कि अगर पिता जी को इसका पता चल गया तो वह अपने थाने की मक्खियों का सारा ग़ुस्सा उसी पर निकालेंगे और बहुत मुमकिन है कि वे उसे उस छड़ी से पीटना शुरू कर दें जो थोड़े रोज़ हुए 'गिरधारी' वकील के मुंशी ने वज़ीराबाद से उन्हें तोहफ़े के तौर पर ला कर दी थी। माँ का मिज़ाज भी कम गर्म न था। वह अगर उसे आम खाने के जुर्म की सज़ा न देती तो उस ग़लती पर उसके कान खींच-खींच कर ज़रूर लाल कर देती कि उसने घर के बाहर अकेले-अकेले इतने आम क्यों उड़ाये। उसकी माँ का उसूल था कि "गोपाल अगर तुझे ज़हर भी खाना हो तो घर में खा।" गोपाल अच्छी तरह जानता था कि इस उसूल के पीछे उसकी माँ की सिर्फ़ यह ख्वाहिश थी कि गोपाल के मुँह के साथ उसका मुँह भी चलता रहे।

कुछ भी हो, गोपाल की रान पर फोड़ा निकलना था, निकल आया। इसका बायस जहाँ तक गोपाल समझ सका था, वही आम थे। उसने फोड़े की बाबत घर में किसी से ज़िक्र न किया था। उसको अपने पिता जी की वो डाँट अच्छी तरह याद थी जो गुसलख़ाने के अन्दर बतायी गयी थी। उसके पिता जी लाला पुरुषोत्तम दास थानेदान लँगोट बाँधे नल की धार के नीचे अपनी गंजी चंदिया रखे और बड़ी तोंद बढ़ाये मूँछों में से आम का रस चूस रहे थे। सामने बाल्टी में एक दर्जन के क़रीब आम पड़े थे जो उन्होंने सुबह-सबेरे एक ठेले वाले से उसका चालान काट कर हासिल किये थे। गोपाल बाप की पीठ मल रहा था और मैल की मरोड़ियाँ बना रहा था। जब उसने हाथ साफ़ करने के लिए बाल्टी में डाले थे और चुपके से एक आम उड़ाना चाहा था तो लाला जी ने बड़े ज़ोर से उसका हाथ झटक कर छोटे से आम को मूँछों समेत मुँह में डालते हुए कहा था, "बेशर्म—तुझे बड़ों का लिहाज़ करना,

जाने कब आयेगा?"

और जब गोपाल ने रोनी सूरत बनाकर कहा था, पिता जी "आम खाने को मेरा भी तो जी चाहता है।" तो थानेदार साहब ने आम की गुठली चूस कर मोरी में फेंकते हुए कहा था, "गोपू तेरे लिए ये आम बहुत गर्म था। फोड़े-फुन्सियाँ चाहता है तो बेशक खा ले—दो-तीन बारिशें और हो लेने दे, फिर ख़ूब ठाट से खाइयो, तेरी माँ से कहूँगा, वह लस्सी बना देगी—चल अब पीठ मल।" और गोपाल ने यह रुकावट की बात सुन कर ख़ामोशी से अपने पिता की पीठ मलना शुरू कर दी थी और आम की खटास ने जो पानी उसके मुँह में भर दिया था। उसे देर तक निगलता रहा था।

उसके दूसरे रोज़ उसने आम खाये और चौथे रोज़ उसकी रान पर फोड़ा निकल आया। उसके पिता की बात सच्ची साबित हुई।

अब अगर गोपाल घर में किसी से उस फोड़े की बात करता तो ज़ाहिर है कि ख़ूब पिटता। यही बजह है कि वह ख़ामोश रहा और फोड़े का बढ़ाव बन्द करने की तदबीरें सोचता रहा।

एक रोज़ उसके पिता जी थाने से वापसी पर जब घर आये तो उनके हाथ में एक लम्बी सी बत्ती थी। गोपाल की माँ को आवाज़ देकर उन्होंने ये बत्ती उसके हाथ में देकर कहा, "ले आज बड़े काम की चीज़ लाया हूँ। बम्बई का मरहम है। सौ दवाओं की एक दवा है—फोड़े-फुन्सी की बहार है। ज़रा सा फाहे पर लेप करके लगा दोगी, यूँ आराम आ जायेगा...यूँ...बम्बई का 'नख़ालिस' मरहम है। इसे सँभाल के रख।"

गोपाल अपनी बहिन निर्मला के साथ सेहन में गेंद-बल्ला खेल रहा था। इत्तफ़ाक़ की बात है कि जब थानेदार जी मरहम देकर अपनी पत्नी को कुछ समझा रहे थे तो निर्मला ने ज़ोर से गेंद फेंकी। गोपाल का ध्यान बाप की तरफ़ था। गेंद ज़ोर से फोड़े पर लगी। गोपाल बिलबिला उठा। लेकिन दर्द को अन्दर-ही-अन्दर पी गया। वह स्कूल में मास्टर हरिराम के मशहूर बेंत की मार खा कर दर्द सहने का आदी हो चुका था।

उधर गोपाल के फोड़े पर गेंद लगी, इधर उसके बाप की आवाज़ बुलन्द हुई, "ज़रा सा फाहे पर लेप करके लगा दोगी—यूँ आराम आ जायेगा...यूँ।" और यूँ के साथ उसके बाप की चुटकी ने गोया गोपाल के सोये हुए दिमाग़ की चुटकी भर ली। उसको अपने दर्द का इलाज मालूम हो गया।

उसकी माँ ने मरहम की बत्ती सामने दालान में सिलाई की पिटारी

में रख दी। गोपाल को अच्छी तरह मालूम था कि उसकी माँ आम तौर पर सिलाई की पिटारी ही में सब सँभालने वाली चीज़ें रखा करती है। सब से ज़्यादा सँभालने वाली चीज़ वह मोचना था, जिससे उसकी माँ हर दसवें-पन्द्रहवें रोज़ अपने तंग माथे के बाल साफ़ किया करती थी। यह बिला शक-ओ-शुबह सिलाई की पिटारी में उस पुड़िया समेत मौजूद था, जिसमें कोयलों की सफ़ेद राख जमा रहती थी, जो उसकी माँ बाल नोच कर लगाया करती थी।

ताहम 'गोपाल' ने अपनी इत्मिनान करने के लिए गेंद दालान में फेंक दी और उसको पलँग के नीचे से निकालते हुए अपनी माँ को सिलाई की पिटारी में मरहम रखते देख लिया।

दोपहर को उसने अपनी बहिन निर्मला को साथ मिला कर छोटी कैंची, जिससे उसका बाप उँगलियों के नाखून काटता था। मरहम की बत्ती और अपने बाप के पायजामे से बचा हुआ लट्ठे का वह टुकड़ा हासिल कर लिया, जिससे उसकी माँ एक और टुकड़े को साथ मिला कर शलवार की म्यानी बनाना चाहती थी।

दोनों ये चीज़ें ले कर ऊपर कोठे पर चले गये और बरसाती के नीचे कोयलों की बोरियों के पास बैठ गये।

निर्मला ने अपनी जेब से लट्ठे का टुकड़ा निकाल कर अपनी रान पर शलवार के फिसलते हुए रेशमी कपड़े पर फैला कर जब गोपाल की तरफ़ अपनी नाचती हुई आँखों से देखा तो उस वक़्त ऐसा मालूम हुआ कि ग्यारह बरस की यह कमसिन लड़की जो दरियाई सरकंडे की तरह नाज़ुक और लचकीली थी एक बहुत बड़े काम के लिए अपने आपको तैयार कर रही है।

उसका नन्हा सा दिल जो उस वक़्त तक सिर्फ़ माँ-बाप की झिड़कियों और अपनी गुड़ियों के मैले होते हुए चेहरों की फ़िक्र से धड़का करता था। अब अपने भाई की रान पर फोड़ा देखने के ख़्याल से धड़क रहा था। उसके कान की लवें लाल और गर्म हो गयी थीं।

'गोपाल' ने घर में अपने फोड़े की बात किसी से ज़िक्र न किया था। लेकिन अब उसे निर्मला को सारी बात सुनानी पड़ी कि किस तरह उसने चोरी-चोरी आम खाये और लस्सी पीना भूल गया और उसकी रान पर पैसे के बराबर फोड़ा निकल आया। जब उसने अपनी राम कहानी सुनाकर निर्मला से राज़दाराना लहज़े में कहा था—"देख निर्मला घर में ये बात किसी से न कहियो। तो निर्मला ने बड़ी मतीन सूरत बना कर जवाब दिया था, "मैं पागल थोड़ी हूँ।"

गोपाल को यकीन था कि निर्मला ये बात अपने तक ही रखेगी चुनांचे उसने पाजामे को ऊपर अड़स लिया। निर्मला का दिल धक-धक करने लगा। जब गोपाल ने बैठकर अपना फोड़ा दिखाया और निर्मला ने दूर ही से अपनी उँगली से उसे छुआ तो उसके बदन पर एक झुरझुरी-सी तारी हो गयी। सी-सी करते हुए उसने उभरे हुए लाल फोड़े की तरफ़ देखा और कहा "कितना लाल है।"

"अभी तो और होगा।" गोपाल ने अपने मर्दाना हौसले का इज़हार करते हुए जवाब दिया।

निर्मला ने हैरत से कहा, "सच?"

"अभी तो कुछ लाल नहीं है, जो फोड़ा मैंने 'चिरंजी' के मुँह पर देखा है, वो इससे कहीं ज़्यादा बड़ा और लाल था गोपाल ने फोड़े पर दो उँगलियाँ फेरीं।"

"तो अभी और बढ़ेगा?" निर्मला आगे सरक आयी।

"क्या पता है...अभी तो बढ़ता चला जा रहा है।" गोपाल ने जेब में से मरहम की बत्ती निकाल कर कहा।

निर्मला सहम-सी गयी। "इस मरहम से तो आराम आ जायेगा ना?"

गोपाल ने बत्ती के एक सिरे पर से काग़ज़ की तह जुदा की और असबात में सिर हिला दिया, "इसका एक फ़ाहा लगाने ही से फट जायेगा।"

"फट जायेगा।" निर्मला को ऐसा मालूम हुआ कि उसके कान के पास रबड़ का गुब्बारा फट गया है। उसका दिल धक से रह गया।

और इसके अन्दर जो कुछ है फूट बहेगा। गोपाल ने मरहम को उँगली पर उठाते हुए कहा।

निर्मला का गुलाबी रंग अब बम्बई के मरहम की तरह पीला पड़ गया था। उसने धड़कते हुए दिल से पूछा, "मगर ये फोड़े क्यों निकलते हैं भय्या?"

"गर्म चीज़ें खाने से।" गोपाल ने एक माहिर तबीब के से अन्दाज़ में जवाब दिया।

निर्मला को वो दो अंडे याद आ गये जो उसने दो माह पहले खाये थे। वह कुछ सोचने लगी।

गोपाल और निर्मला के दरमियान चन्द बातें और हुईं। इसके बाद वह असली काम की तरफ़ मुतवज्जा हुए। निर्मला ने लट्ठे का एक गोल फ़ाहा काटा। बड़ी नफ़सात से, ये रुपये के बराबर था और इसकी

गोलाई में मजाल है जो जरा सा नुक़्स भी हो। उसी तरह गोल था जिस तरह निर्मला की माँ के हाथ की बनी हुई रोटी गोल होती थी।

गोपाल ने उस फाहे पर थोड़ा सा मरहम लगा दिया और उसे अच्छी तरह फैलाने के बाद फोड़े की तरफ़ ग़ौर से देखा निर्मला गोपाल के ऊपर झुकी हुई थी और गोपाल की हर हरकत को बड़ी दिलचस्पी से देख रही थी। गोपाल ने जब फ़ाहा अपने फोड़े के ऊपर जमा दिया तो वह काँप गयी। जैसे उसके बदन पर किसी ने बर्फ़ का टुकड़ा रख दिया है।

"अब आराम आ जायेगा ना?" निर्मला ने नीम सवालिया अन्दाज़ में कहा।

गोपाल जवाब देने भी न पाया था कि बरसाती के बराबर वाली सीढ़ियों पर किसी के चढ़ने की आवाज़ सुनायी दी। ये उनकी माँ थी जो ग़ालिबन कोयले लेने के लिए आ रही थी।

गोपाल और निर्मला ने बयक वक़्त एक-दूसरे के चेहरे की तरफ़ देखा और कुछ कहे-सुने बग़ैर सब चीज़ें इकट्ठी करके उस पुराने सन्दूक के पीछे छिपा दीं। जहाँ उनकी बिल्ली सुन्दरी बच्चे दिया करती थी और चुपके से भाग गये।

यहाँ से भाग कर गोपाल जब नीचे गया तो उसके बाप ने उसे बाहर फ़ालूदा लाने के लिए भेज दिया। जब वापस आया तो उसे गली में निर्मला मिली। फ़ालूदे का गिलास उसके हवाले करके वह चिरंजी के घर चला गया और इस तरह उन चीज़ों को अपनी-अपनी जगह पर रखना भूल गया जो माँ के अचानक आ जाने से उसने और निर्मला ने सन्दूक के पीछे छिपा दी थीं।

चिरंजी के यहाँ वो देर तक ताश खेलता रहा। खेल से फ़ारिग़ हो कर जब वह चिरंजी की बग़ल में हाथ डाले कमरे से बाहर निकल रहा था तो किसी बात पर उसका दोस्त हँसा और उसके दाहिने गाल पर फोड़े का निशान लम्बी सी लकीर बन गया। उसको देख कर फ़ौरन ही अपने फोड़े का गोपाल को ख़याल आया और इस ख़याल के साथ ही उसे वे चीज़ें याद आ गयीं जो सन्दूक के पीछे पड़ी थीं। चिरंजी की बग़ल से हाथ निकाल कर वो भागा।

घर पहुँच कर उसने वहाँ की फ़िज़ा देखी। उसकी माँ सहन में बैठी उसके बाप से मिलाप अख़बार की ख़बरें सुन रही थी। दोनों किसी बात पर हँस रहे थे। गोपाल उनके पास से गुज़रा। दोनों ने उसकी तरफ़ देखा। मगर उससे कोई बात न की। गोपाल को इत्मिनान हो गया कि

अभी तक उसकी माँ ने अपनी सिलाई की पिटारी नहीं देखी। चुनांचे वह चुपके से कोठे पर चला गया।

बड़े कोठे को तय करके दरवाज़े के अन्दर दाख़िल होने वाला ही था कि उसके क़दम रुक गये।

सन्दूक के पास बैठी निर्मला कुछ कर रही थी। गोपाल पीछे हट गया और छिप कर देखने लगा।

निर्मला इन्हिमाक से फ़ाहा तराश रही थी। उसकी पतली-पतली उँगलियाँ कैंची से नफ़ीस काम ले रही थीं। फ़ाहा काटने के बाद उसने थोड़ा सा मरहम निकाल कर उस पर फैलाया और गर्दन झुका कर अपने कुर्ते के बटन खोले। सीने के दाहिनी तरफ़ छोटा-सा उभार था। ऐसा मालूम होता था कि नलकी पर साबुन का छोटा-सा ना मुकम्मल बुलबुला अटका हुआ है।

निर्मला ने फ़ाहे पर फूँक मारी और उसे उस नन्हे से उभार पर जमा दिया।

टेढ़ी लकीर

अगर सड़क सीधी हो–बिलकुल सीधी तो उस पर उसके क़दम मनों भारी हो जाते थे। वह कहा करता था, ये ज़िन्दगी के ख़िलाफ़ है जो पेच-दर-पेच रास्तों से भरी है। जब हम दोनों बाहर सैर को निकलते तो इस दौरान में वह कभी सीधे रास्ते पर न चलता। उसे बाग़ का वह कोना बहुत पसन्द था, जहाँ लहराती हुई रविशें बनी हुई थीं।

एक बार उसने अपनी टाँगों को सीने के साथ जोड़ कर बड़े दिलकश अन्दाज़ में मुझसे कहा था, "अब्बास अगर मुझे और कोई काम न हो तो बख़ुदा मैं अपनी सारी ज़िन्दगी कश्मीर की पहाड़ी सड़कों पर चढ़ने-उतरने में गुज़ार दूँ–क्या पेच है!–हमीं तुम मुझे नज़र आ रहे हो और एक मोटर मुड़ने के बाद मेरी नज़रों से ओझल हो जाते हो–कितनी पुर असरार चीज़ है–सीधे रास्ते पर तुम हर आने वाली चीज़ देख सकते हो। मगर यहाँ आने वाली चीज़ें तुम्हारी आँखों के सामने बिलकुल अचानक आ जायेंगी।–मौत की तरह अचानक–इसमें कितना मज़ा है।"

वह एक दुबला-पतला नौजवान था, बेहद दुबला। उसको एक नज़र देखने से अक्सर अवक़ात मालूम होता कि अस्पताल के किसी बिस्तर पर से कोई ज़र्दरू बीमार उठकर चला आया है। उसकी उम्र बमुश्किल बाईस बरस के क़रीब होगी। मगर बाज़ अवक़ात वह उससे बहुत ज़्यादा उम्र का मालूम होता था और अजीब बात है कि कभी-कभी उसको देख कर मैं ये ख़याल करने लगता कि वह बच्चा बन गया है। उसमें एकाएकी इस क़दर तबदीली हो जाया करती थी कि मुझे अपनी निगाहों की सेहत पर सुबह होने लग जाता था।

आख़री मुलाक़ात से दस रोज़ पहले जब वह मुझे बाज़ार में मिला तो मैं उसे देख कर हैरान रह गया। वह हाथ में एक बड़ा सेब लिये उसे दाँतों

से काटकर खा रहा था। उसका चेहरा बच्चों के मानिन्द एक नाक़ाबिल-ए-बयान खुशी के बायस तमतमाया हुआ था। उसका सारा चेहरा गवाही दे रहा था कि सेब बहुत लज़ीज़ है।

सेब के रस से भरे हुए हाथों को बच्चों के मानिन्द अपनी पतलून से साफ़ करके उसने मेरा हाथ बड़े जोश से दबाया और कहा–"अब्बास, वह दो आने माँगता था मगर मैंने भी एक ही आने में ख़रीदा।"

उसके होंट ज़फ़र मन्दाना हँसी के बायस थरथराने लगते फिर उसने जेब से एक चीज़ निकाली और मेरे हाथ में दे कर कहा, "तुमने लट्टू बहुत देखे होंगे, पर ऐसा लट्टू कभी देखने में न आया होगा–ऊपर का बटन दबाओ...दबाओ...अरे दबाओ।"

मैं सख़्त मुतहय्यर हो रहा था, लेकिन उसने मेरी तरफ़ देखे बग़ैर लट्टू का बटन दबा दिया जो मेरी हथेली पर से उछल कर सड़क पर लँगड़ाने लगा–इस पर खुशी के मारे मेरे दोस्त ने उछलना शुरू कर दिया।

"देखो अब्बास, देखो इसका नाच।"

मैंने लट्टू की तरफ़ देखा जो मेरे सिर के मानिन्द घूम रहा था। हमारे इर्द-गिर्द बहुत से आदमी जमा हो गये थे। शायद वे यह समझ रहे थे कि मेरा दोस्त दवाइयाँ बेचेगा।

"लट्टू उठाओ और चलें–लोग हमारा तमाशा देखने के लिए जमा हो रहे हैं।"

मेरे लहजे में शायद थोड़ी सी तेज़ी थी क्योंकि उसकी सारी खुशी मन्द पड़ गयी और उसके चेहरे की तमतमाहट ग़ायब हो गयी। वह उठा और उसने मेरी तरफ़ कुछ इस अन्दाज़ से देखा कि मुझे ऐसा मालूम हुआ जैसे एक नन्हा सा बच्चा रोनी सूरत बनाकर कह रहा है 'मैंने तो कोई बुरी बात नहीं की, फिर मुझे क्यों झिड़का गया है?'

उसने लट्टू वहीं सड़क पर छोड़ दिया और मेरे साथ चल पड़ा। घर तक मैंने और उसने कोई बात न की। गली के नुक्कड़ पर पहुँच कर मैंने उसकी तरफ़ देखा–इस क़लील अर्से में उसके चेहरे पर इन्क़िलाब पैदा हो गया था। वो मुझे एक तफ़क्कुर-ज़दा बूढ़ा नज़र आया।

मैंने पूछा, "क्या सोच रहे हो?"

उसने जवाब दिया। "मैं ये सोच रहा हूँ, अगर खुदा को इन्सान की ज़िन्दगी बसर करनी पड़ जाये तो क्या हो?"

वह इसी क़िस्म की बेढंगी बातें सोचा करता था। बाज़ अवकात लोग समझते थे कि वो अपने आपको निराला ज़ाहिर करने के लिए

ऐसे ख़यालात का इज़हार करता है। मगर ये बात ग़लत थी। दरअसल उसकी तबियत का रूजहान ही ऐसी चीज़ों की तरफ़ रहता था जो किसी और दिमाग़ में नहीं आती थीं।

आप यकीन नहीं करेंगे, मगर उसको अपने जिस्म पर रिसता हुआ ज़ख़्म बहुत पसन्द था। वह कहा करता था अगर मेरे जिस्म पर हमेशा के लिए कोई ज़ख़्म बन जाये तो कितना अच्छा हो—मुझे दर्द में बड़ा मजा आता है।

मुझे अच्छी तरह याद है कि स्कूल में एक रोज़ उसने मेरे सामने अपने बाजू को उस्तरे के तेज़ ब्लैड से ज़ख़्मी किया। सिर्फ़ इसलिए कि कुछ रोज़ उसमें दर्द होता रहे। टीका उसने कभी इस ख़याल से नहीं लगवाया था कि उससे हैज़े, प्लेग या मलेरिया का ख़ौफ़ नहीं रहता। उसकी हमेशा ये ख़्वाहिश होती थी कि दो-तीन रोज़ उसका बदन बुख़ार के बायस तपता रहे। चुनांचे जब कभी वह बुख़ार को दावत दिया करता था तो मुझसे कहा करता था, "अब्बास, मेरे घर एक मेहमान आने वाला है। इसलिए तीन रोज़ तक मुझे फ़ुर्सत नहीं मिलेगी।"

एक रोज़ मैंने उससे पूछा कि तुम आये दिन टीका क्यों लगवाते हो। उसने जवाब दिया, "अब्बास, मैं तुम्हें बता नहीं सकता कि टीका लगवाने से जो बुख़ार चढ़ता है उसमें कितनी शायरी होती है—जब जोड़-जोड़ में दर्द होता है और आजा-शिकनी होती है तो बख़ुदा ऐसा मालूम होता है कि तुम किसी निहायत ही ज़िद्दी आदमी को समझाने की कोशिश कर रहे हो—और फिर बुख़ार बढ़ जाने से जो ख़्वाब आते हैं वल्लाह किस क़दर बेरब्त होते हैं—बिलकुल हमारी ज़िन्दगी के मानिन्द!.. ..अभी तुम ये देखते हो कि तुम्हारी शादी किसी निहायत ही हसीन औरत से हो रही है। दूसरे लम्हे यही औरत तुम्हारी आग़ोश में एक क़वी हेकल पहलवान बन जाती है।"

"मैं उसकी इन अजीब-ओ-ग़रीब बातों का आदी हो गया था लेकिन इसके बावजूद एक रोज़ मुझे उसके दिमाग़ी तबाज़ुन पर शुबा होने लगा। गुज़श्ता मई में मैंने उससे अपने उस्ताद का तआरूफ़ कराया, जिसकी मैं बेहद इज़्ज़त करता था। डॉक्टर शाकिर ने उसका हाथ बड़ी गर्मजोशी से दबाया और कहा, "मैं आपसे मिलकर बहुत खुश हुआ हूँ।"

"इसके बरअक्स, मुझे आपसे मिलकर कोई खुशी नहीं हुई।" ये मेरे दोस्त का जवाब था। जिसने मुझे बेहद शर्मिंदा किया। आप क़यास फ़रमाइये कि उस वक़्त मेरी क्या हालत हुई होगी। शर्म के मारे मैं

अपने उस्ताद के सामने गड़ा जा रहा था और वह बड़े इत्मिनान से सिगरेट के कश लगाकर हॉल में एक तस्वीर की तरफ़ देख रहा था।

डॉक्टर शाकिर ने मेरे दोस्त की इस हरकत को बुरा समझा और तख़लिये में मुझसे बड़े तेज़ लहज़े में कहा, "मालूम होता है तुम्हारे दोस्त का दिमाग़ ठिकाने नहीं।"

मैंने उसकी तरफ़ से ख़ुद माज़रत तलब की और मामला रफ़ा-दफ़ा हो गया। मैं वाक़यी बेहद शर्मिंदा था कि डॉक्टर शाकिर को मेरी वजह से ऐसा सख़्त फ़िक़रा सुनना पड़ा।

शाम को मैं अपने दोस्त के पास गया—इस इरादे के साथ कि उससे अच्छी तरह बाज़ पुर्स करूँगा और अपने दिल की भड़ास निकालूँगा। वह मुझे लाइब्रेरी के बाहर मिला। मैंने छूटते ही उससे कहा, "तुमने आज डॉक्टर शाकिर की बहुत बेइज़्ज़ती की...मालूम होता है तुमने मजलिसी आदाब को ख़ैरबाद कह दिया है।"

वह मुस्कराया। "अरे छोड़ो इस किस्से को...आओ कोई और काम की बात करें।"

ये सुन कर मैं उस पर बरस पड़ा। खामोशी से मेरी तमाम बातें सुन कर उसने साफ़-साफ़ कह दिया—"अगर मुझसे मिलकर किसी शख़्स को खुशी हासिल होती है तो ज़रूरी नहीं कि उससे मिलकर मुझे भी खुशी हासिल हो—और फिर पहली मुलाक़ात पर सिर्फ़ हाथ मिलाने से मैंने उसके दिल में खुशी पैदा कर दी—मेरी समझ में नहीं आता—तुम्हारे डॉक्टर साहब ने उस रोज़ पचीस आदमियों से तारूफ़ किया और हर शख़्स से उन्होंने यही कहा कि आपसे मिलकर मुझे बड़ी मसर्रत हासिल हुई है...क्या ये मुमकिन है कि हर शख़्स एक ही किस्म के तासरात पैदा करे।...तुम मुझसे ऐसी फुजूल बातें न करो...आओ अन्दर चलें।"

मैं एक सहर-ज़दा आदमी की तरह उसके साथ हो लिया और लाइब्रेरी के अन्दर जा कर अपना सब गुस्सा भूल गया। बल्कि ये सोचने लगा कि मेरे दोस्त ने जो कुछ कहा था सही है। लेकिन फ़ौरन ही मेरे दिल में एक हसद सा पैदा हुआ कि इस शख़्स में इतनी कुव्वत क्यों है कि वह अपने ख़यालात का इज़हार बेधड़क कर देता है। पिछले दिनों मेरे एक अफ़सर की दादी मर गयी थी और मुझे उसके सामने मजबूरन अपने ऊपर ग़म की कैफ़ियत तारी करनी पड़ी थी और उससे अपनी मर्ज़ी के ख़िलाफ़ दस-पन्द्रह मिनट तक अफ़सोस ज़ाहिर करना पड़ा था। उसकी दादी से मुझे कोई दिलचस्पी न थी। उसकी मौत की ख़बर ने मेरे दिल पर कोई असर न किया था। लेकिन इसके बावजूद

मुझे नकली जज़्बात तैयार करने पड़े थे। इसका साफ़ मतलब ये था कि मेरा कैरक्टर अपने दोस्त के मुक़ाबले में बहुत कमज़ोर है। इस ख़याल ही ने मेरे दिल में हसद की चिंगारी पैदा की थी और मैं अपने हलक में एक नाक़ाबिल-ए-बयान तल्ख़ी महसूस करने लगा था। लेकिन यह एक वक़्ती और हंगामी जज़्बा था जो हवा के एक तेज़ झोंके के मानिन्द आया और गुज़र गया। मैं बाद में इस पर भी नादिम हुआ।

मुझे उससे बेहद मुहब्बत थी। लेकिन उस मुहब्बत में ग़ैर इरादी तौर पर कभी-कभी नफ़रत की झलक भी नज़र आती थी। एक रोज़ मैंने उसकी साफ़गोई से मुतासिर हो कर कहा था, "ये क्या बात है कि बाज़ अवक़ात में तुमसे नफ़रत करने लगता हूँ।" और उसने मुझे ये जवाब देकर मुतमईन कर दिया था, "तुम्हारा दिल जो मेरी मुहब्बत से भरा हुआ है। एक ही चीज़ को बार-बार देख कर कभी-कभी तंग आ जाता है और किसी दूसरी शय की ख़्वाहिश करने लग जाता है...और फिर अगर तुम मुझसे कभी-कभी नफ़रत न करो तो मुझसे हमेशा मुहब्बत भी नहीं कर सकते...इन्सान इसी किस्म की उलझनों का मजमूआ है।"

मैं और वह अपने वतन से बहुत दूर थे। एक ऐसे बड़े शहर में जहाँ ज़िन्दगी तारीक कब्र सी मालूम होती है। मगर उसे कभी उन गलियों की याद न सताती थी। जहाँ उसने अपना बचपन और अपने शबाब का ज़माना-ए-आग़ाज़ गुज़ारा था। ऐसा मालूम होता था कि वह उसी शहर में पैदा हुआ है। मेरे चेहरे से हर शख़्स यह मालूम कर सकता है कि मैं ग़रीबुल वतन हूँ। मगर मेरा दोस्त इन जज़्बात से यक्सर आरी है। वह कहा करता है कि वतन की याद बहुत बड़ी कमज़ोरी है। एक जगह से खुद को चिपका देना ऐसा ही है जैसे एक आज़ादी पसन्द साँड को खूँटे से बाँध दिया जाये।

इस किस्म के ख़्यालात के मालिक की जो हर शय को टेढ़ी ऐनक से देखता हो और मुख्वजा रूसूम के ख़िलाफ़ चलता हो। बाक़ायदा निकाहख़्वानी हो। यानी पुरानी रूसूम के मुताबिक़ उसका अक्द अमल में आये तो क्या आपको ताज्जुब न होगा?—मुझे यक़ीन है कि ज़रूर होगा।

एक रोज़ शाम को जब वह मेरे पास आया और बड़े संजीदा अन्दाज़ में उसने मुझे अपने निकाह की ख़बर सुनायी तो आप यक़ीन करें मेरी हैरत की कोई इन्तिहा न रही। इस हैरत का बायस ये चीज़ न थी कि वह शादी कर रहा है। नहीं मुझे ताज्जुब इस बात पर था कि

उसने लड़की बग़ैर देखे, पुराने ख़तून के मुताबिक़ निकाह की रस्म में शामिल होना क़बूल कैसे कर लिया। जबकि वह हमेशा उन मौलवियों का मज़हका उड़ाया करता था जो लड़की और लड़के को रिश्ता-ए-अज़दवाज में बाँधते हैं? वह कहा करता था, "ये मौलवी मुझे बुड्ढे और गठिया के मारे पहलवान मालूम होते हैं जो अपने अखाड़े में छोटे-छोटे लड़कों की कुश्तियाँ देख कर अपनी हिर्स पूरी करते हैं।"

और फिर वह शादी या निकाह पर लोगों के जमघटे का भी तो क़ायल न था...उसका निकाह पढ़ा गया। मेरी आँखों के सामने मौलवी ने—उस मौलवी ने जिससे उसको सख़्त चिढ़ थी और जिसको वह बूढ़ा तो कहा करता था। उसका निकाह पढ़ा छुहारे बाँटे गये और मैं सारी कार्यवाही यूँ देख रहा था गोया सोते में कोई सपना देख रहा हूँ।

निकाह हो गया। दूसरे लफ़्ज़ों में अनहोनी बात हो गयी और जो ताज्जुब मुझे पहले पैदा हुआ था, बाद में भी बरक़रार रहा। मगर मैंने इसके मुतालिक़ अपने दोस्त से ज़िक्र न किया, इस ख़याल से कि शायद उसे नागवार गुज़रे। लेकिन दिल-ही-दिल में मैं इस बात पर बहुत खुश था कि आख़िरकार उसे इस दायरे में लौटना पड़ा, जिसमें दूसरे ज़िन्दगी बसर कर रहे हैं।

निकाह करके मेरा दोस्त अपने उसूलों के टेढ़े मिनार से बहुत बुरी तरह फिसला था और उस गड्ढ़े में सिर के बल आ गिरा था जिसको वह बेहद ग़लीज़ कहा करता था। जब मैंने ये सोचा तो मेरे जी में आया कि अपने कज-रफ़्तार दोस्त के पास जाऊँ और इतना हँसूँ इतना हँसूँ कि पेट में बल पड़ जायें। मगर जिस रोज़ मेरे दिल में ये ख़्वाहिश पैदा हुई उसी रोज़ वह दोपहर को मेरे घर आया।

निकाह को तीन महीने गुज़र गये थे और इस दौरान में वह हमेशा उदास-उदास रहता था। उसका चेहरा चमक रहा था और नाक जो चन्द रोज़ पहले भद्दी म्यान के अन्दर छिपी हुई तलवार का नक़्शा पेश करती थी, उस पर सबसे नुमायां नज़र आ रही थी।

वह मेरे कमरे के अन्दर दाख़िल हुआ और सिगरेट सुलगा कर मेरे पास बैठ गया। उसके होंटों के इख़्तितामी कोने कँपकँपा रहे थे। ज़ाहिर था कि वह मुझे कोई बड़ी अहम बात सुनाने वाला है। मैं हमा-तन-गोश हो गया।

उसने सिगरेट के धुएँ से छल्ला बनाया और उसमें अपनी उँगली गाड़ते हुए मुझसे कहा, "अब्बास मैं कल यहाँ से जा रहा हूँ।"

"जा रहे हो?" मेरी हैरत की कोई इन्तिहा न रही।

"मैं कल यहाँ से जा रहा हूँ, शायद हमेशा के लिए। मैं इस ख़बर से तुम्हें मतलअ करने के लिए न आता, मगर मुझे तुम से कुछ रुपये लेना हैं जो तुमने मुझसे क़र्ज़ ले रखे हैं—क्या तुम्हें याद है?"

मैंने जवाब दिया। "याद है, पर तुम जा कहाँ रहे हो?...और फिर हमेशा के लिए...?"

"बात ये है कि मुझे अपनी बीवी से इश्क़ हो गया है और कल रात मैं उसे भगा कर अपने साथ लिये जा रहा हूँ...वह तैयार हो गयी है।"

ये सुन कर मुझे इस क़दर हैरत हुई कि मैं बेवकूफ़ों की मानिन्द हँसने लगा और देर तक हँसता रहा। वह अपनी मनकूहा बीवी को जिसे वह जब चाहता उँगली पकड़ कर अपने साथ ला सकता था। अग़वा करके ले जा रहा था—भगा कर ले जा रहा था। जेसे, जैसे...मैं क्या कहूँ कि उस वक़्त मैंने क्या सोचा...दरअसल, मैं कुछ सोचने के क़ाबिल ही न रहा था।

मुझे हँसता देख कर उसने मलामत-भरी नज़रों से मेरी तरफ़ देखा। "अब्बास! ये हँसने का मौक़ा नहीं। कल रात वह अपने मकान के साथ वाले बाग़ में मेरा इन्तिज़ार करेगी और मुझे सफ़र के लिए कुछ रुपया फ़राहम करके उसके पास ज़रूर पहुँचना चाहिए। वह क्या कहेगी अगर मैं अपने वायदे पर क़ायम न रहा...तुम्हें क्या मालूम, मैंने किन-किन मुश्किलों के बाद रिसाई हासिल करके उसको इस बात पर आमादा किया है।"

मैंने फिर हँसना चाहा। मगर उसको ग़ायत दर्जा संजीदा-ओ-मतीन देख कर मेरी हँसी दब गयी और मुझे कतअयी तौर पर मालूम हो गया कि वह वाक़यी अपनी मनकूहा बीवी को भगा कर ले जा रहा है। कहाँ?...ये मुझे मालूम न था।

मैं ज़्यादा तफ़सील में न गया और उसे वे रुपये अदा कर दिये जो मैंने अर्सा हुआ उससे क़र्ज़ लिये थे और ये समझकर अभी तक न दिये थे कि वह न लेगा। मगर उसने ख़ामोशी से नोट गिनकर अपनी जेब में डाले और बग़ैर हाथ मिलाये रुख़्सत होने ही वाला था कि मैंने आगे बढ़कर उससे कहा, "तुम जा रहे हो...लेकिन मुझे भुला न देना।"

मेरी आँखों में आँसू आ गये, मगर उसकी आँखें बिलकुल ख़ुश्क थीं।

"मैं कोशिश करूँगा।" ये कहकर वह चला गया। मैं बहुत देर तक जहाँ खड़ा था, बुत बना रहा।

जब उधर उसके ससुराल वालों को पता चला कि उनकी लड़की रात में कहीं ग़ायब हो गयी है तो एक हेजान-बरपा हो गया। एक हफ़्ते तक उन्होंने उसे इधर-उधर तलाश किया और किसी को इस वाक़ये की ख़बर तक न होने दी। मगर बाद में लड़की के भाई को मेरे पास आना पड़ा और मुझे अपना हमराज़ बनाकर उसे सारी राम कहानी सुनानी पड़ी।

वे बेचारे ये ख़याल कर रहे थे कि लड़की किसी और आदमी के साथ भाग गयी है और लड़की का भाई मेरे पास इस ग़रज़ से आया था कि उनकी तरफ़ से मैं अपने दोस्त को इस तल्ख़ वाक़ये से आगाह करूँ। वह बेचारा शर्म के मारे ज़मीन में गड़ा जा रहा था।

जब मैंने उसको असल वाक़अ से आगाह किया तो हैरत के बायस उसकी आँखें खुली-की-खुली रह गयीं। इस बात से तो उसे ढाढस हुई कि उसकी बहिन किसी ग़ैर मर्द के साथ नहीं गयी बल्कि अपने शौहर के पास है। लेकिन उसकी समझ में नहीं आता था कि मेरे दोस्त ने फ़ुजूल और नाज़ेबा हरकत क्यों की?

"बीवी उसी की थी। जब चाहता ले जाता। मगर इस हरकत से तो ये मालूम होता है जैसे...जैसे..."

वह कोई मिसाल पेश न कर सका और मैं भी उसे कोई इत्मिनान दह जवाब न दे सका।

कल सुबह की डाक से मुझे उसका ख़त मिला। जिसको मैंने काँपते हुए हाथों से खोला। लिफ़ाफ़े में एक काग़ज़ था, जिस पर एक टेढ़ी लकीर खींची हुई थी—ख़ाली लिफ़ाफ़ा एक तरफ़ रखकर मैं उस अमूद की तरफ़ देखने लगा—जो मैंने बोर्ड पर चिपके हुए काग़ज़ पर गिराया था।

पहचान

एक निहायत ही थर्ड क्लास होटल में देशी व्हिस्की की बोतल ख़त्म करने के बाद तय हुआ कि बाहर घूमा जाये और एक ऐसी औरत तलाश की जाये जो होटल और व्हिस्की के पैदा-क़र्दा तकद्दुर को दूर कर सके। कोई ऐसी औरत ढूँढ़ी जाये जो होटल की कसाफ़त के मुक़ाबले में नफ़ासत पसन्द और बद ज़ायक़ा व्हिस्की के मुक़ाबले में लज़ीज़ हो।

फ़ख़्र ने होटल की ग़लीज़ फ़ज़ा से बाहर निकलते ही मुझसे और मसूद से कहा, "कोई दानेदार औरत हो...अच्छे गवैये के गले की तरह उसमें बड़े-बड़े दाने हों...ख़ुदा की क़सम तबियत साफ़ हो जाये।"

व्हिस्की दानों से बिलकुल ख़ाली थी। सोडा भी बिलकुल बेजान था। ग़ालिबन इसी वजह से फ़ख़्र दानेदार औरत का क़ायल हो रहा था। हम तीनों औरत चाहते थे। फ़ख़्र दानेदार औरत चाहता था। मुझे ऐसी औरत मतलूब थी जो बड़े सलीके से वाहियात बातें करे...और मसूद को ऐसी औरत की ज़रूरत थी जिसमें बनियापन न हो। अपनी फ़ीस के रुपये ले कर ट्रंक में या जहाँ उसका जी चाहे रखे और कुछ अर्से के लिए भूल जाये कि सौदा कर रही है।

उस बाज़ार का रास्ता हम जानते थे, जहाँ औरतें मिल सकती हैं—काली, नीली, पीली, लाल और जामुनी रंग की औरतें। पेड़ों की तरह उनके मकान एक क़तार में दूर तक दौड़ते चले गये हैं। ये रंग-बिरंगी औरतें उनमें पके हुए फलों के मानिन्द लटकी रहती हैं। आप नीचे से ढेले और पत्थर मार कर उन्हें गिरा सकते हैं।

हमें ये औरतें मतलूब नहीं थीं। दरअसल हम अपने आप को धोखा देना चाहते थे। हम ऐसी औरत या औरतें चाहते थे जो उर्फ़-ए-आम में प्राइवेट हों। यानी जो मण्डी के हुजूम में से निकल कर अलाहिदा शरीफ़ महल्लों में अपना कारोबार चला रही हों।

हम तीनों में फ़ख़्र सबसे ज़्यादा तजरबाकार था। कुव्वत-ए-इरादी भी उसमें हम सब से ज़्यादा थी। एक ताँगे वाला जब हमारे पास से

गुज़रा तो उसने हाथ के इशारे से उसे रोका और बग़ैर किसी झिझक के मायने ख़ेज़ लहजे में उससे कहा, "हम सैर करना चाहते हैं...चलोगे?"

ताँगे वाले ने, जो सन्जीदा और मतीन आदमी मालूम होता था, हम तीनों की तरफ़ बारी-बारी देखा। मैं झेंप-सा गया। ख़ामोशी-ही-ख़ामोशी में वह हमसे कह गया था, "तुम नौजवानों को शराब पी कर ये क्या हो जाता है?"

फ़ख्र ने दोबारा उससे कहा, "हम सैर करना चाहते हैं...चलोगे?" फिर फ़ौरन ही उसे कुछ ख़याल आया और अपना मतलब और ज़्यादा वाज़ह कर दिया, "कोई माल-वाल है तुम्हारी निगाह में?"

मसूद और मैं दोनों एक तरफ़ खिसक गये। मसूद ने घबरा कर मुझसे कहा, "यह फ़ख्र कैसा आदमी है। इसे कुछ समझाओ।"

मसूद से मैं कुछ कहने ही वाला था कि फ़ख्र ने आवाज़ दी, "आओ भाई आओ...बैठो ताँगे में।" हम तीनों ताँगे में बैठ गये। मुझे अगली नशिस्त पर जगह मिली।

दिसम्बर के आख़िरी दिन थे। रात के आठ बज चुके थे। ह्विस्की पीने के बावजूद हमें सर्दी महसूस हो रही थी। चूँकि अगली नशिस्त पर था और तीनों में से सबसे ज़्यादा कमज़ोर था, इसलिए मेरे कान सुन्न हो रहे थे। जब ताँगा डफ़रिन ब्रिज के नीचे उतरा तो मैंने मफ़लर निकाल कर कानों और सिर पर लपेट लिया और ओवरकोट का कॉलर भी ऊँचा कर लिया।

साँस घोड़े के नथुनों-से भाप बनकर बाहर निकल रहा था। हम तीनों ख़ामोश थे। ताँगे वाला मोटे और खुरदरे कम्बल में लिपटा खामोशी से अपना ताँगा चला रहा था। मैंने उसकी तरफ़ ग़ौर से देखा। सन्जीदगी उसके चेहरे पर ठिठुर-सी रही थी, जो मुझे बहुत बुरी मालूम हुई। चुनांचे मैंने फ़ख्र से कहा, "फ़ख्र ये आदमी कैसा है...कोई बात ही नहीं करता। ऐसा मालूम होता है कास्टर आयल पी कर बैठा है।"

ताँगे वाला मेरे इस रिमार्क पर भी ख़ामोश रहा। फ़ख्र ने कहा, "ज़्यादा बातें करने वाले आदमी ठीक नहीं होते। ये हमारा मतलब समझ गया है। ले चलेगा, जहाँ अच्छी चीज़ हुई।"

मसूद जो सिगरेट सुलगा रहा था एकदम बोला, "वाल्लाह औरत कितनी अच्छी चीज़ है...औरत, औरत कम है चीज़ ज़्यादा है।" मैंने उसको ज़रा और .ख़ूबसूरत बनाकर कहा, "मसूद, चीज़ नहीं–चीज़ी।"

शायर आदमी था। फड़क उठा, "वाल्लाह क्या बात पैदा की है चीज़ नहीं, चीज़ी...सो मियाँ ताँगे वाले चीज़ और चीज़ी में जो फर्क है उसका ध्यान रखना।" ताँगे वाला ख़ामोश रहा।

अब मैंने उसकी तरफ़ और ज़्यादा ग़ौर से देखा। मज़बूत जिस्म का आदमी था। उम्र पैंतीस बरस के लगभग होगी। पतली-पतली मूँछें थीं जिनके बाल नीचे को झुके हुए थे। सर्दी के बायस चूँकि उसने कम्बल का ढाटा-सा बना रखा था। इसलिए उसका पूरा चेहरा नज़र न आता था।

मैंने उसकी तरफ़ देख कर फ़ख्र से पूछा, "कहाँ ले जा रहा है हमें?"

फ़ख्र ने जो ज़्यादा सोच-विचार का आदी नहीं था जवाब दिया, "इतने बेताब क्यों होते हो?—अभी थोड़ी देर के बाद चीज़ तुम्हारे सामने आ जायेगी।"

'मसूद' ने इस पर 'फ़ख्र' से कहा, "तुम से क्या बात हुई है इसकी?"

फ़ख्र ने जवाब दिया, "रौशन आरा रोड पर...कुछ मेमें रहती हैं। कहता है हमारे काम की हैं।"

मेमों का नाम सुन कर मसूद को अपने एक दोस्त की नज़्म याद आ गयी। उसका हवाला देकर उसने कहा।

"तो चलो आज लगे हाथों अरबाब-ए-वतन की बेबसी का इन्तिक़ाम भी ले लिय़ा जायेगा। वाल्लाह! ऐसा मालूम होता है कि ये ताँगे वाला भी साहब-ए-ज़ौक है। वह नज़्म ज़रूर पढ़ी होगी इसने।"

इसके बाद देर तक मेमों के मुताल्लिक़ गुफ़्तगू होती रही। मैं और मसूद मेमों के बिलकुल कायल नहीं थे। लेकिन फ़ख्र को औरतों की ये किस्म पसन्द थी। उनका इल्म साइंटिफ़िक होता है यानी ये औरतें बड़े साइंटिफ़िक तरीके पर अपना कारोबार चलाती हैं। उनके मुक़ाबले में मशरिकी औरतों को रखिये तो वही नज़र आयेगा जो हमारे यहाँ की रेवड़ी और वहाँ की टॉफ़ी में है। भई दरअसल बात ये है कि उन मैमों का पैकिंग बड़ा अच्छा होता है।"

मैंने कहा, "फ़ख्र! मुमकिन है तुम्हारा नज़रिया दुरुस्त हो, मगर भाई, मैं ऐसे मौक़ौं पर ज़बान की मुश्किलात बर्दाश्त नहीं कर सकता। मैं अपने दफ़्तर में बड़े साहब के साथ अंग्रेज़ी बोल सकता हूँ। मैं यहाँ देहली में रहकर इस ताँगे वाले से उर्दू में बातचीत करना गवारा कर सकता हूँ। मगर इस मौके पर अंग्रेज़ी में गुफ़्तगू नहीं कर सकता। मेरी पतलून अंग्रेज़ी, मेरी टाई अंग्रेज़ी, मेरा शू अंग्रेज़ी...ये सब चीजें अंग्रेज़ी हो सकती हैं। मगर खुदा के लिए वो चीज़ मुझसे अंग्रेज़ी में कैसे हो सकती है।"

फ़ख्र अपना नज़रया भूल कर हँसने लगा। मसूद शायद अभी तक अपने दोस्त की लिखी हुई नज़्म पर ग़ौर कर रहा था। जिसमें शायर ने

एक फ़िरंगी औरत के होंठ चूस कर अरबाब-ए-वतन की बेबसी का इन्तिक़ाम लिया था—दफ़अतन चौंक कर उसने कहा, “क्यों भई! ये ताँगा कब तक चलता रहेगा?”

ताँगे वाले ने एकदम बागें खींचकर ताँगा ठहरा दिया और फ़ख्र से कहा, “वह जगह आ गयी साहब। आप अकेले चलियेगा या...”

हम तीनों ताँगे वाले के पीछे-पीछे चल दिये।

एक नीम-रौशन गली में वह हमें ले गया। दिल्ली की दूसरी गलियों से ये गली कुछ मुख़्तलिफ़ थी। इसलिए कि बहुत चौड़ी थी। दायें हाथ को एक मंज़िला मकान था। जिसकी खिड़कियों और दरवाज़ों पर चिकें लटकी हुई थीं। एक दरवाज़े की चिकं उठाकर ताँगेवाला अन्दर दाख़िल हो गया। चन्द लम्हात के बाद बाहर आया और हमें अन्दर ले गया।

कमरे में घुप अँधेरा था। मैंने जब कहा, “भाई हम कहीं औधे मुँह न गिर पड़ें।” तो दूसरे कमरे से किसी औरत की भद्दी आवाज़ सुनायी दी, ‘‘लालटेन तो ले गया होता तू’’ और थोड़ी ही देर के बाद ताँगेवाला एक अन्धी-सी लालटेन ले कर नमूदार हुआ। ‘‘चलिये अन्दर तशरीफ़ ले चलिये।” हम तीनों अन्दर तशरीफ़ ले गये। दो काली भुजंगी, इन्तिहाई बदसूरत औरतें नज़र आयीं, जिन्होंने ढीले-ढीले फ्रॉक पहिन रखे थे—ये मेमें थीं। मैंने अपनी हँसी रोक कर फ़ख्र से कहा, “क्या लज़ीज़ टाफ़ियाँ हैं।”

मेरी ये बात सुन कर उन मेमों में से एक जिसका स्याह चेहरा सुर्ख़ी लगाने के बायस ज़्यादा पक्की हुई ईंट की-सी रंगत इख़्तियार कर गया था, हँसी। मैं भी हँस दिया और बड़े प्यार से पूछा, “क्या नाम है आप का?”

बोली—“लूसी।”

शायर मसूद ने आगे बढ़कर दूसरी से पूछा, “आप का?”

उसने जवाब दिया, “मैरी।”

फ़ख्र भी आगे बढ़ आया। “क्यों साहब आप काम क्या करती हैं?”

दोनों लजा गयीं। एक ने अदा से कहा, “कैसा बात करता है तुम?”

दूसरी ने कहा, “चलो जल्दी करो। रहना माँगता है या नहीं। हमें रोटी पकाना है।”

मैंने उसके हाथों की तरफ़ देखा जो गीले आटे से भरे हुए थे और वह उसकी मरोड़ियाँ बना रही थी। ताँगे वाला क़तअयी तौर पर हमें ग़लत जगह ले आया था। मरोड़ियाँ उसके हाथों से कच्चे फ़र्श पर गिर

रही थीं और मुझे ऐसा मालूम होता था कि अनाज रो रहा है और ये मरोड़ियाँ उसके आँसू हैं।

हम तीनों के तीनों उस मकान में आकर सख़्त परेशान हो गये। मगर हम अपनी परेशानी उन दो औरतों पर ज़ाहिर करना नहीं चाहते थे। हमें सख़्त नाउम्मीदी हुई थी। अगर हम उनसे साफ़ लफ़्ज़ों में कह देते कि तुम हमारे मतलब की नहीं हो तो ज़रूर उनके जज़बात को ठेस पहुँचती। औरत जिसके हाथ आटे में लुथड़े हों, ऐसे जज़बात से आरी नहीं हो सकती।

मैंने उन दोनों की तारीफ़ की। फ़ख्र ने भी मेरा साथ दिया। फिर हम तीनों जल्द वापस आने का वायदा करके वहाँ से निकल गये। ताँगेवाला हमारा मतलब समझ गया था। चुनांचे उसे चन्द लम्हात के लिए वहाँ ठहराना पड़ा। जब वह बाहर निकला तो फ़ख्र ने उससे कहा, "तुम इन्हें मेमें कहते हो?"

ताँगेवाले ने बड़ी मतानत के साथ जवाब दिया, "लोग यही कहते हैं साहब!"

"लोग झख मारते हैं...मैंने ख़याल किया था कि तुम मेरा मतलब समझ गये होगे...अब ख़ुदा के लिए किसी ऐसी जगह ले चलो, जहाँ हम चन्द घड़ियाँ अपना दिल बहला सकें।"

मसूद ने तीनों का इजतिमाई मक़सद और ज़्यादा वाज़ह करने की कोशिश की, "देखो हम ऐसी जगह जाना चाहते हैं, जहाँ कुछ अर्से के लिए बैठ सकें—हमें ऐसी औरत के पास ले चलो जो बातें करने का सलीक़ा रखती हों—भाई हम कोरे नहीं हैं। किसी फ़ौज के सिपाही नहीं हैं। तीन शरीफ़ आदमी हैं। जिन्हें औरत से बात-चीत किये बरसों गुज़र चुके हैं...समझे?"

ताँगेवाले ने असबात में सिर हिला दिया। "तो चलिये, बैठिये, आपको सदर बाज़ार ले चलता हूँ..."

फ़ख्र ने पूछा, "कौन है वहाँ?"

ताँगेवाले ने घोड़े की बागें थाम कर जवाब दिया, "एक पंजाबन है। बहुत लोग आते हैं उसके पास।"

ताँगेवाले ने पंजाबन के घर का रुख किया।

रास्ते में उन दो मेमों का ज़िक्र छिड़ गया। हम में से हर एक को वहाँ जाने का अफ़सोस था। इसलिए कि हम सबसे ज़्यादा वे नाउम्मीद हुई थीं। मैंने उनको कुछ रुपये दे दिये होते, मगर ये भीख हो जाती फ़ख्र ने हमारी इस गुफ़्तगू में ज़्यादा हिस्सा न लिया। वह चाहता था कि उनका ज़िक्र न किया जाये। लेकिन जब तक ताँगा पंजाबन के घर

तक न पहुँचा, उनका ज़िक्र होता रहा।

ताँगा एक फ़राख़ बाज़ार में फुटपाथ के पास रुका। तवेले के साथ वाला मकान था। जिधर को हम चारों ने रुख़ किया। जीना तय करके हम ऊपर पहुँचे। सामने पाख़ाना था, दरवाज़े से बे नियाज़—उसके साथ ही पुरानी वज़अ का मुग़लई कमरा था जिसमें हम चारों दाख़िल हुए। उस कमरे के आख़री सिरे पर चार आदमी बैठे फ़लाश खेलने में मसरूफ़ थे। जो हमारी आमद से ग़ाफ़िल रहे। अलबत्ता वह औरत जो उनके पास खड़ी थी और एक आदमी के पत्तों में दिलचस्पी ले रही थी। आहट पाकर हमारी तरफ़ आयी।

यहाँ भी लालटेन की मद्धिम रोशनी थी, जिसको फ़लाश खेलने वाले चारों तरफ़ से घेरे हुए थे। जब वह फ़ख्र के पास आयी और कूल्हें पर हाथ रख कर खड़ी हो गयी तो मैंने ग़ौर से उसे देखा...उसकी उम्र कम-अज़-कम पैंतीस बरस के क़रीब थी। छातियाँ बड़ी-बड़ी थीं जो उसने बड़े ही बेहूदा और फ़ुहश अन्दाज़ से ऊपर को उठा रखी थी। तँग माथे पर नीले रंग का चाँद ख़ुदा हुआ था। जब वह मसूद की तरफ़ देख कर मुस्करायी तो मुझे उसके सामने के दो दाँतों में सोने की कीलें नज़र आयीं—बड़ी ख़ौफ़नाक औरत थी। उसका मुँह कुछ इस अन्दाज़ से खुलता था जैसे नीबू निचोड़ने वाली मशीन का खुलता है।

उसने फ़ख्र को आँख मारी और पूछा, "कहो क्या बात है?"

फ़ख्र ने बच्चे की तरह कहा, "आपका नाम।"

उसने कूल्हे पर हाथ रखे। हम तीनों को बारी-बारी से देखा "गुलज़ार!"

फ़ख्र ने फ़ौरन ही मअज़रत की, "हम गुलाब के यहाँ आये थे, ग़लती से इधर चले आये। माफ़ कर दीजियेगा!"

ये सुन कर वह फ़ख्र के हाथ से सिगरेट छीन कर कश लगाती फ़लाश खेलने वालों के पास चली गयी, जो अभी तक हमारी आमद से ग़ाफिल थे। नीचे उतर कर हम तीनों ने ताँगेवाले को फिर अपना मतलब समझाया और उसको बताया कि हम किस किस्म की औरत चाहते हैं। उसने हम तीनों का लेक्चर सुना और कहा, "आप थोड़े लफ़्ज़ों में मुझे बताइये कि आप कहाँ जाना चाहते हैं?"

मैंने तँग आ कर फ़ख्र से कहा, "भई तुम ही उसे उन थोड़े लफ़्ज़ों से समझाओ जो तुम्हारे पास बाक़ी रह गये हैं।"

फ़ख्र ने उसे समझाया, "देखो हमें किसी लड़की के पास ले चलो. ..ऐसी औरत के पास जो सोलह सत्तरह बरस की हो। इससे ज़्यादा की हर्गिज़ न हो। समझे?"

ताँगेवाले ने कम्बल की बुक्कल मार के बागें थामीं और कहा, "आपने पहले ही कह दिया होता। चलिये...अब आपको ठीक जगह पर ले चलूँगा।"

आधे घण्टे के बाद ठीक जगह भी आ गयी—ख़ुदा मालूम कौन-सा बाज़ार था। दूसरी मंज़िल पर एक बैठक-सी थी, जिसके दरवाज़े पर मोटा और मैला टाट लटक रहा था। मिट्टी के कूड़े में गुँधा हुआ आटा पास ही पड़ा था। धुआँ इस क़दर था कि अन्दर दाख़िल होते ही हमारी आँखों में आँसू आ गये।

बुढ़िया ने चूल्हे में लकड़ियाँ झाड़ कर हमारी तरफ़ देखा और ताँगेवाले से देहाती लहजे में कहा "इन्हें अन्दर ले जाओ।"

ताँगेवाले ने अँधेरे कमरे में दियासलाई जला कर हमें दाख़िल किया और कील से लटकी हुई लालटेन को रोशन करके बाहर चला गया। मैंने कमरे का जायज़ा लिया। कोने में एक बहुत पुराना पलँग था, जिसके पाये रंगीन थे। उस पर मैली-सी चादर बिछी हुई थी। तकिया भी पड़ा था, जिस पर सुर्ख़ रंग के फूल कढ़े हुए थे। पलँग के साथ वाली दीवार की कांस पर तेल की एक मैली बोतल और लकड़ी की कँघी पड़ी थी। उसके दाँतों में सिर का मैल और कई बाल फँसे हुए थे। पलँग के नीचे एक टूटा हुआ ट्रंक था, जिस पर एक काली मुरगाबी रखी थी।

मसूद और फ़ख्र दोनों पलँग पर बैठ गये। मैं खड़ा रहा। थोड़ी देर के बाद एक पस्त-क़द लड़की अपने से दुगना दुपट्टा ओढ़ने की कोशिश करती अन्दर दाख़िल हुई। फ़ख्र और मसूद दोनों उठ खड़े हुए। जब वह लालटेन की रोशनी में आयी तो मैंने उसे देखा। उसकी उम्र बमुश्किल चौदह बरस के क़रीब होगी। छातियाँ आडू के बराबर थीं। मगर उसके चेहरे से मालूम होता था कि वह अपने जिस्म को पीछे छोड़ कर बहुत आगे निकल चुकी है। बहुत आगे, जहाँ शायद उसकी माँ भी नहीं पहुँच सकी, जो बाहर आँगन में चूल्हा झोंक रही थी। उसके नथुने फड़क रहे थे और इस अन्दाज़ से अपना एक हाथ हिला रही थी जैसे मक्कार दुकानदार की तरह डंडी मारेगी और कभी पूरा तोल नहीं तोलेगी।

हम तीनों उसको हैरत भरी नज़रों से देखते रहे। फ़ख्र शर्म भी महसूस कर रहा था। मसूद की सारी शायरी सिमट कर शायद उसके नाख़ूनों में चली आयी। क्योंकि वह बुरी तरह उन्हें दाँतों से काट रहा था।

मैंने एक बार फिर उसकी तरफ़ देखा जैसे मुझे अपनी आँखों पर यक़ीन नहीं आया—ठिगनी-सी लड़की थी जो एक बहुत बड़ा मैला-सा दुपट्टा ओढ़नें की कोशिश कर रही थी। रंग गहरा साँवला। बदन की साख़्त से मालूम होता था कि वह बड़ी तेज़ी से चली हुई गाड़ी है जो अब एकदम रुक गयी है। उसके पहियों में ब्रेक लग गये हैं और वहीं खड़े-खड़े उसका रंग-रोगन धूप और बारिश में उड़ गया है। इस उम्र में भद्दी-से-भद्दी लड़की के जिस्म में जो एक किस्म की शोख़ जाज़बियत होती है उसमें बिलकुल नहीं थी। कपड़ों के बावजूद वह नंगी दिखायी देती थी। बहुत ही बेहूदा और नावाजिब तरीक़े पर नंगी—उसके जिस्म का निचला हिस्सा क़तअई तौर पर ग़ैर-निसवानी था।

मैं उससे कुछ कहने ही वाला था कि उसके अक़ब से एक बुड्ढा नमूदार हुआ। बिलकुल सफ़ेद दाढ़ी। सिर बुढ़ापे के बायस हिल रहा था। लड़की ने देहाती ज़बान में उससे कुछ कहा। जिसका मतलब मैं सिर्फ़ इस क़दर समझा कि बुड्ढा उसका नाना है।

हम तीनों सही मायनों में उठ भागे। नीचे बाज़ार में पहुँचे तो हमारा तकद्दुर कुछ दूर हुआ। बुड्ढे और लड़की को देख कर हमारे जमालियाती ज़ौक को बहुत ही शदीद सदमा पहुँचा था। देर तक हम चुपचाप रहे।

फ़ख्र टहलता रहा। मसूद एक कोने में पेशाब करने के लिए बैठ गया। मैं ओवर कोट की ज़ेबों में हाथ डाले ऊपर आसमान की तरफ़ देखता रहा, जहाँ नामुकम्मल चाँद बिलकुल उस ज़र्द बीसवा लौंडिया की तरह, जिसके जिस्म का निचला हिस्सा क़तअई तौर पर ग़ैर निसवानी था। बादल के एक बहुत बड़े टुकड़े का दुपट्टा ओढ़ने की कोशिश कर रहा था...उससे कुछ दूर एक छोटा सफ़ेद टुकड़ा उसके नाना के ज़ईफ़ सिर की तरह लरज़ रहा था...।

मेरे बदन पर झुरझुरी तारी हो गयी।

हम ग़ालिबन दस-बारह मिनट तक बाज़ार में खड़े रहे। इसके बाद ताँगेवाला नीचे उतरा। फ़ख्र के पास जा कर उसने कहा, "आपने आठ बजे ताँगा लिया था—अब ग्यारह बज चुके हैं। तीन घण्टों के पैसे दे दीजिये।"

फ़ख्र ने कुछ कहे बग़ैर दो रुपये उसको दे दिये। रुपये ले कर वह मुस्कराया, "बाबू जी आपको कुछ पहिचान नहीं—ऐसी करारी लौंडिया तो शहर भर में नहीं मिलेगी आपको...ख़ैर आपको इख़्तियार—ताँगे में बैठिये मैं अभी आया।"

उसको ऊपर जाने की ज़हमत न उठानी पड़ी, क्योंकि सफ़ेद रेश बुड्ढा उसके पीछे-पीछे चला आया था और मोरी के पास खड़ा अपना ज़ईफ़ सिर हिला रहा था। उसको दो रुपये दे कर जब ताँगेवाले ने बागें थामीं तो उसकी संजीदगी ग़ायब थी। "चल बेटा," कहकर उसने अपनी भद्दी मगर मसर्रत-भरी आवाज़ में गाना शुरू कर दिया—

"सावन के नज़ारे हैं...लाला..."

शरीफ़न

जब कासिम ने अपने घर का दरवाज़ा खोला तो उसे सिर्फ़ एक गोली की जलन थी, जो उसकी दायीं पिंडली में गड़ गयी थी। लेकिन अन्दर जा कर, जब उसने अपनी बीवी की लाश देखी तो उसकी आँखों में ख़ून उतर आया। क़रीब था कि वह लकड़ियाँ फाड़ने वाले गँड़ासे को उठा कर पागलों की तरह बाहर निकल जाये और ख़ून-ख़राबे का बाज़ार गर्म कर दे कि अचानक उसे अपनी लड़की शरीफ़न का ख़याल आया।

'शरीफ़न–शरीफ़न'–उसने ऊँची आवाज़ में पुकारना शुरू किया।

सामने, दालान के दोनों दरवाज़े बन्द थे। कासिम ने सोचा, शायद डर के मारे अन्दर छिप गयी होगी। इसलिए वह उस तरफ़ बढ़ा और झिरी के साथ मुँह लगा कर कहा–"शरीफ़न...शरीफ़न'ऊमैं हूँ तुम्हारा बाप"–मगर अन्दर से कोई जवाब न आया। कासिम ने दोनों हाथों से किवाड़ को धक्का दिया। पट खुले और वह औंधे-मुँह दालान में गिर पड़ा। सँभल कर, जब उसने उठना चाहा तो उसे लगा कि वह किसी.. .कासिम चीख़कर उठ बैठा।

एक गज़ के फ़ासले पर एक जवान लड़की की लाश पड़ी थी–नंगी बिलकुल नंगी। गोरा-गोरा, सुडौल शरीर; छत की तरफ़ उठे हुए, छोटे-छोटे स्तन–कासिम का सारा वजूद एकदम हिल गया। उसकी गहराइयों से एक गगन-भेदी चीख़ उठी, लेकिन उसके होंठ इस ज़ोर से भिंचे हुए थे कि बाहर न निकल सकी। उसकी आँखें अपने आप बन्द हो गयी थीं। फिर भी उसने दोनों हाथों से अपना चेहरा ढाँक लिया। मरी-सी आवाज़ उसके मुँह से निकली–"शरीफ़न"–और उसने आँखें बन्द किये हुए ही, दालान में इधर-उधर हाथ मार कर, कुछ कपड़े उठाये और उन्हें शरीफ़न की लाश पर गिरा कर, यह देखे बिना ही बाहर निकल गया कि वे उससे कुछ दूर गिरे थे।

बाहर निकल कर उसने अपनी बीवी की लाश न देखी। बहुत

मुमकिन है, उसे नज़र ही न आयी हो, इसलिए कि उसकी आँखें शरीफ़न की नंगी लाश से भरी हुई थीं। उसने कोने में पड़ा हुआ, लकड़ियाँ फाड़ने वाला गँड़ासा उठाया और घर से बाहर निकल गया।

कासिम की दायीं पिंडली में गोली गड़ी हुई थी, लेकिन उसका एहसास घर के अन्दर घुसते ही उसके दिल और दिमाग़ से ग़ायब हो गया था। उसकी वफ़ादार प्यारी बीवी मर चुकी थी। उसका दुख भी उसके दिमाग़ के किसी कोने में मौजूद नहीं था। बार-बार उसकी आँखों के सामने एक ही तस्वीर आती थी--शरीफ़न की—नंगी शरीफ़न की... और वह भाले की अनी बन-बन कर, उसकी आँखों को छेदती हुई उसकी रुह को भी चीरती चली जाती।

गँड़ासा हाथ में लिये हुए, कासिम सुनसान बाज़ारों में उबलते हुए लावे की तरह बहता चला जा रहा था। चौक के पास उसका सामना एक सिक्ख से हुआ। बड़ा कड़ियल जवान था, लेकिन कासिम ने कुछ ऐसे बेतुकेपन से हमला किया और ऐसा भरपूर हाथ मारा कि वह तेज़ तूफ़ान में उखड़े हुए पेड़ की तरह ज़मीन पर आ रहा।

कासिम की नसों में उसका ख़ून और ज़्यादा गर्म हो गया और बजने लगा तड़...तड़...तड़...तड़ जैसे खौलते हुए तेल पर पानी का हल्का-सा छींटा पड़ जाय।

दूर, सड़क के उस पार, उसे कुछ आदमी नज़र आये। तीर की तरह वह उनकी तरफ़ बढ़ा। उसे देख कर उन लोगों ने 'हर हर महादेव' के नारे लगाये। कासिम ने जवाब में अपना नारा लगाने की बजाय उन्हें माँ-बहन की मोटी-मोटी गालियाँ दीं और गँड़ासा ताने, उनमें घुस गया।

कुछ ही मिनटों में तीन लाशें सड़क पर तड़प रही थीं। दूसरे भाग गये। लेकिन कासिम का गँड़ासा देर तक हवा में चलता रहा। असल में उसकी आँखें बन्द थीं। गँड़ासा घुमाते-घुमाते वह एक लाश के साथ टकराया और गिर पड़ा। उसने सोचा कि शायद उसे गिरा लिया गया है। चुनांचे उसने गन्दी-गन्दी गालियाँ दे कर चिल्लाना शुरू किया—"मार डालो, मुझे मार डालो।"

लेकिन जब कोई हाथ उसे गर्दन पर महसूस न हुआ और न कोई चोट उसके बदन पर लगी, तो उसने अपनी आँखें खोलीं और देखा—सड़क पर तीन लाशों और उसके सिवा दूसरा कोई भी न था।

एक क्षण के लिए कासिम को निराशा हुई, क्योंकि शायद वह मरना चाहता था। लेकिन एकदम शरीफ़न—नंगी शरीफ़न—की तस्वीर उसकी आँखों में, पिघले हुए सीसे की तरह उतर गयी और उसके सारे

वजूद को, बारूद का जलता हुआ पलीता बना गयी—वह फ़ौरन उठा। हाथ में गँड़ासा लिया और फिर खौलते हुए लावे की तरह सड़क पर बहने लगा।

जितने बाज़ार कासिम ने तय किये, सुनसान थे। एक गली में वह घुसा, लेकिन उसमें सब मुसलमान थे। उसको बहुत कोफ़्त हुई; चुनांचे उसने अपने लावे का रुख़ दूसरी तरफ़ फेर दिया। एक बाज़ार में पहुँच कर उसने अपना गँड़ासा हवा में ऊँचा लहराया और माँ-बहन की गालियाँ उगलनी शुरू कीं।

लेकिन सहसा उसे बहुत ही तकलीफ़देह एहसास हुआ कि अब तक वह सिर्फ़ माँ-बहन की गालियाँ ही देता रहा, इसलिए उसने फ़ौरन बेटी की गाली देनी शुरू की और ऐसी जितनी गालियाँ उसे याद थीं, सब-की-सब, एक ही साँस में बाहर उलट दीं। फिर भी उसे तसल्ली न हुई। झुँझला कर, वह एक मकान की तरफ़ बढ़ा, जिसके दरवाज़े के ऊपर हिन्दी में कुछ लिखा था।

दरवाज़ा अन्दर से बन्द था। कासिम ने पागलों की तरह गँड़ासा चलाना शुरू किया। थोड़ी ही देर में दोनों किवाड़ों के टुकड़े-टुकड़े हो गये—कासिम अन्दर दाख़िल हुआ। छोटा-सा घर था।

कासिम ने अपने सूखे हुए गले पर ज़ोर दे कर फिर गालियाँ देनी शुरू कीं—"बाहर निकलो—बाहर निकलो।" सामने दालान का दरवाज़ा चरमराया। कासिम अपने सूखे हुए गले पर ज़ोर दे कर गालियाँ देता रहा, दरवाज़ा खुला और एक लड़की नमूदार हुई।

कासिम के होंठ भिंच गये—भड़क कर उसने पूछा, "कौन हो तुम?"

लड़की ने सूखे होंटों पर ज़बान फेरी और जवाब दिया, "हिन्दू।"

कासिम तन कर खड़ा हो गया। जलती हुई आँखों से उसने उस लड़की की तरफ़ देखा, जिसकी उमर चौदह या पन्द्रह बरस की थी। उसने हाथ से गँड़ासा गिरा दिया। फिर वह बाज़ की तरह झपटा और उस लड़की को धकेल कर दालान में ले गया। दोनों हाथों से उसने पागलों की तरह उसके कपड़े फाड़ने शुरू किये। धज्जियाँ और चिन्दियाँ यूँ उड़ने लगीं, जैसे कोई रुई धुनक रहा हो। लगभग आधा घण्टा कासिम अपना प्रतिशोध लेने में व्यस्त रहा। लड़की ने कोई विरोध न किया, इसलिए कि वह फ़र्श पर गिरते ही बेहोश हो गयी थी।

जब कासिम ने आँखें खोलीं तो उसके दोनों हाथ लड़की की गरदन में धँसे हुए थे। एक झटके के साथ उन्हें अलग करके वह उठा। पसीने में ग़र्क उसने एक नज़र उस लड़की की तरफ़ देखा, ताकि उसकी और

तसल्ली हो सके।

एक गज़ के फ़ासले पर उस जवान लड़की की लाश पड़ी थी—नंगी बिलकुल नंगी। गोरा-गोरा, सुडौल शरीर; छत की तरफ़ उठे हुए, छोटे-छोटे स्तन—कासिम की आँखें सहसा बन्द हो गयीं। दोनों हाथों से उसने अपना चेहरा ढाँप लिया। बदन पर गर्म-गर्म पसीना, ब्रफ हो गया और उसकी नसों में खौलता हुआ लावा पत्थर की तरह सख़्त हो गया।

थोड़ी देर के बाद एक आदमी, तलवार से लैस, मकान के अन्दर आया। उसने देखा कि दालान में कोई आदमी आँखें बन्द किये हुए, काँपते हाथों से फ़र्श पर पड़ी हुई किसी चीज़ पर कम्बल डाल रहा था। उसने गरज कर पूछा—“कौन हो तुम?” कासिम चौंका—उसकी आँखें खुल गयीं, मगर उसे कुछ नज़र न आया।

तलवार से लैस आदमी चिल्लाया—“कासिम!”

कासिम एक बार फिर चौंका। उसने अपने से कुछ दूर खड़े आदमी को पहचानने की कोशिश की, मगर उसकी आँखों ने साथ न दिया।

उस आदमी ने घबराये हुए स्वर में पूछा, “क्या कर रहे हो तुम यहाँ?”

कासिम ने काँपते हुए हाथ से फ़र्श पर पड़े हुए कम्बल की तरफ़ इशारा किया और खोखली आवाज़ में सिर्फ इतना कहा, “शरीफ़न...”

जल्दी से आगे बढ़ कर उस आदमी ने कम्बल हटाया। नंगी लाश देख कर पहले वह काँपा, फिर उसने एकदम अपनी आँखें बन्द कर लीं। तलवार उसके हाथों से गिर पड़ी। आँखों पर हाथ रख कर, वह ‘बिमला-बिमला’ कहता, लड़खड़ाते क़दमों से बाहर निकल गया।

□□